권영란

진주 남강가에서 살다가 지리산 자락 산청으로 옮겨왔다.
1999년 개천신인문학상을 받았다. 신경림 시인이
뽑아준 것을 자랑했을 뿐 이후에 시를 쓰지는 못했다. 경남에
소재한 지역신문사 두세 곳을 전전하며 기자로 일했다.
곳곳의 마을과 문화, 사람을 톺아보며 『시장으로 여행가자』
『남강 오백리 물길여행』을 차례로 펴냈다. 『남강 오백리
물길여행』으로 2017년 제1회 한국지역출판대상을 받았다.
2016년부터 『한겨레신문』에 칼럼을 쓰고 있다.
서울·수도권이 아닌 지역에서 살아가는 이야기를 때로는
삐딱하게 때로는 다정하게 풀어내려 애쓰고 있다. 이따금
동네 할매들의 살아온 이야기를 같이 울며 웃으며 기록하고
있다. 할매들 삶에서 지역사를 더듬기도 하지만 생생한
입말에 남아 있는 토박이말을 어떻게 살뜰히 챙길 수 있나
궁리 중이다.

조경국

진주에서 태어나 하동, 산청, 사천 등 서부 경남지역에서
거의 40년을 살았다. 당연히 'ㅓ'와 'ㅡ'를 잘 구분해서
발음하지 못한다. 직장을 다니느라 잠깐 서울살이를
했으나 고향으로 돌아와 2013년부터 헌책방 책방지기로
일하고 있다. 2033년 책방지기를 그만두고 더 재밌는
일을 찾을 계획이다. 주변에서 일어나는 사소한 일들을
기록하기 좋아한다. 『일기 쓰는 법』 『오토바이로,
일본 책방』 『필사의 기초』 등 몇 권의 책을 썼다.

경상의 말들

경상의 말들

(만다꼬 그려
쎄빠지게 해쌌노)

권영란, 조경국 지음

유유

들어가는 말
우짜꼬, 글 속에는 쪼매뿌인데

"아야, 만다꼬 그리 적어쌌노?" 계동댁 할매가 물었다.

"할매 말을 갈차 줄라꼬예."

"갈차 줄 걸 갈차 주야지 이런 걸 갈차 주모는 안 되제."

"대핵교 슨상들이 와서 할매한테 갈차달라 할기라요."

"내가 머 아나. 만날천날 말도 안 되는 소리만 씨부리는데."

계동댁 할매는 당신이 '대핵교 슨상'을 가르친다는 게 믿기지 않는 듯했다.

올해 초, 지리산 자락 경남 산청으로 거주지를 옮겼다. 산청에 오자마자 한 일은 산청 귀촌 청년 모임 '있다'와 함께 진행한 '산청 할매시인학교'이다. 할매들은 모두 "내 살아온 기 얘기하자면 책이 열두 권이제" "배우는 거 말고는 다 했제"라고 이구동성으로 말했다. 대부분 1950년 이전 출생인 할매들은 살림과 부양을 동시에 하느라 평생 일만 했다. 학교 교육을 받지 못한 터라 이름 석 자 겨우 쓰는 정도인 할매들은 자신의 입말을 한 줄이라도 써 보려고 손에 익지 않은 연필을 들고 애면글면했다. "이거보다 고치 모 심는 기 더 쉽다야." 계동댁 할매 말에 "하모, 글체!" 와글와글 웃었다.

다행히도, 할매들 입말은 순 사투리 토박이말이다. 내가 가장 가까이서 듣고 자랐던 우리 '옴마 말(어머니 말)'이기도 하다. 할매들과 이야기를 나누면서 아주 오랫동안 잊었던 지역말이 불쑥불쑥 튀어나왔다. 경남에서 태어나 경남에서 평생 살았는데 나는, 혹은 우리는 왜 토박이말에서 이토록 멀어졌나 싶다.

내가 초등학교에 입학했던 1970년대는 표준어와 맞춤법 규범을 새로이 다듬고 세우는 시기였다. 유신정권 때는 초등 교육과정에서 표준어 쓰기와 국어순화운동을 강제했다. 당시 교과서에 나온 표준어 정의는 "표준말은 대체로 현재 중류 사회에서 쓰는 서울말로 한다"였다(1988년 "교양 있는 사람들이 두루 쓰는 현대 서울말로 정함을 원칙으로 한다"로 바뀌었다). 그 무렵 학교에 다닌 나는 서울말을 흉내 내며 읽고 쓰기를 했다. '에북 깔롱지는(제법 멋을 부리는)' 나의 읽고 쓰기는 각종 고운 말 표어대회, 글짓기대회, 낭독대회에 불려 다니기 맞춤이었다. 나와 친구들은 라디오나 텔레비전에 나오는 말, 한 번도 가 보지 못한 서울의 말을 뽀도시(겨우) 흉내 내며 자랐다. 그러다 '진짜 서울 아이'가 전학이라도 오면 다 같이 "서울내기 다마내기 맛 좋은 다마내기"라며 놀려댔다.

되돌아보면 태어나 자연스레 익혔던 토박이 입말을, 학교에서 익힌 글말로 억지로 고쳐 가며 산 것 같다. 경상도 안에서도 사투리를 덜 쓰는 사람이 더 교양 있는 사람이라 여기며 자랐고, 경상도 밖에서는 사투리를 쓰지 않으려고 긴장하며 살았다. 언어생활 어디에서도 '자연스러운 나'가 될 수 없었다. 출신 지역을 드러내지 않으려 용을 써 대는 순간 우리의 정체성은 불안정했다.

'표준어 쓰기'의 미명 아래 토박이말을 빼앗긴 우리가 글 속에서인들 기꺼이 사용했을까. 이 책을 쓰기 전 편집자는 내게 이미 나온 책이나 글 속에서 경상도 토박이말이나 문장을 찾고 그말에 얽힌 이런저런 단상을 써 보자고 했다. 먼저 경상도 출신 작가들의 책을 뒤지고 지역 출판사의 출간물을 뒤졌다. 수월치 않았다. 와중에 어설픈 생각들이 꼬리를 이었다.

첫째, 경상도 출신 작가라 해서 경상도 말을 부려 쓰지 않았고, 경상도 지역 출판사라 해서 경상도 말을 특별히 가치 있게 다루지 않았다. 예전에는 향토성, 토속성 짙은 작품이라며 한계를 짓기도 했다. 앞서 언급한 강제된 표준어 사용 탓일 게다.

둘째, 경상도는 행정상 구역일 뿐 말을 무리 짓기 어렵다. 경상도 안에서도 경북과 경남이 다르고, 산간 지역과 해안 지역이 다르다. 내가 사는 경남 안에서도 가까이 접해 있는 진주 말 다르고 산청 말이 달랐다. 경남 토박이인 나로서는 따라가지 못하는 경북 토박이말도 많았다. 어떤 경북 토박이말은 경북 사람에게 묻고서야 의미를 알 수 있었다.

셋째, 우리는 왜 입말과 글말이 다를까. 배운 사람들은 글말을 잘 부려 써야 하나 보다. 경상의 말들을 할매들 입말로 들려줄 수 있다면 참 좋을 텐데…….

무엇보다 안타까운 것 중 하나는 지역 토박이말에 대한 무관심이다. 몇 해 전부터 정치·언론·학계는 입을 모아 "지역소멸, 로컬이 답"이라 말하는데 내용을 들여다보면 지역의 말, 토박이말은 언급조차 되지 않는다. 아예 인식이 없거나 혹은 토박이말

은 경제적 효용성이나 가시적 성과를 보여 주지 못한다는 생각
탓이다. 지역 정체성과 고유문화는 지역의 말들에서 시작돼야겠
다. 그래야 지역이 좀 더 단단하게 자리 잡을 것 같다.

부끄럽게도 나 또한 나이 들어 이제야 지역 토박이말, 입말
을 귀히 여기게 됐다. 할매들 입말을 통해 겨우 그 말들을 더듬게
됐고 이번 책을 작업하면서야 글말로 된 지역 토박이말을 뒤지고
들여다보고 매만질 수 있었다. 그래서일까. 『경상의 말들』을 통
해 경상도 독자라면 나처럼 기억 너머의 말과 추억과 잊고 있던
자신을 끄집어내는 시간이 되길 바라고, 경상도 밖의 독자라면
경상도의 또 다른 맛과 정다운 품을 느낄 수 있으면 좋겠다.

끝으로 유유의 '사투리의 말들' 시리즈가 지역 토박이말의
깊이와 풍요로움을 찾는 귀한 장이 되길 바라며 '옴마 말'을 쓰
는, 내가 만난 할매들에게 꼭 하고픈 말이 있다.

할매예, 희한타예.
할매캉 내캉 이바구하고 있으모는
내가 오데 살고 있는지 알겠대예.
내가 갱상도 사람인 기 딱 표티가 나더라고예.
와, 글 속에는 할매 말을 고치삐까.
할매예, 할매 없으모는 인자 할매 말도 없어질건디
우짜꼬예.

2024년 가을, 지리산 자락 산청에서
권영란

"모두들 욕보네. 허ー 날이 자꾸
끓이기만 하네 온!"

김정한, 『사하촌』(문학과지성사, 2004)

나이 들면서, 좀체 쓰지 않던 말이 내 입에서 툭툭 튀어나온다. 처음에는 스스로도 놀랐지만 쓰면 쓸수록 정겹다. 그중 하나가 '욕본다'는 말이다. 드라마나 영화 대사에서 많이 접해 익숙한 말일 것 같다. '부끄러운 일을 당하다, 몹시 고생스러운 일을 겪다'라는 의미의 동사로 사전에도 등재된 말이지만 '욕본다, 욕봤다'는 경상도에서 무척 수고한다, 힘든 일을 잘 해냈다는 뜻이다. 간혹 어린 세대나 다른 지역 사람이 '그게 무슨 말이야? 욕을 보다니?' 싶은지 의아해 하는데, 남을 모욕할 때 쓰는 말이 '욕'辱이고 수치스러운 일을 당한 것도 욕본 것이니 그럴 만도 하다.

김정한의 소설 『사하촌』에서 "모두들 욕보네" 외치는 이는 '쇠다리' 이 주사다. 이조 말년에 고을 원님에게 '쇠다리' 즉 소의 다리 하나 바치고 얻은 감투로 기세등등한데, 땀방울을 뚝뚝 떨구며 논매는 이들에게 말치레만 하니 얄밉다.

DNA에 박혀 있는 말. 태어나고 자라면서 내 어머니와 가족, 친구들과 나누던 말을 나는 지역 토박이말, 고장말이라 한다. 흔히들 사투리라 한다. 학교 교육이나 매체에서 표준어 사용을 강제한 영향으로 지역 말이 사라졌다. "아들딸 구별 말고 둘만 낳아 잘 기르자"는 표어만큼이나 낯설고 아득한 얘기겠지만 유신정권 시절엔 국어순화운동, 표준말 쓰기를 전국적으로 장려했다. 어린 우리는 TV프로그램을 보며 어설프게 서울말 따라 하기를 했고 점차 토박이말을 부끄럽고 고쳐야 할 말로 여기게 되었다.

그렇게 의도적으로 지워져 수십 년 나도 모르게 쓰지 않았던 말이 요즘 툭툭 튀어나온다. 말치레가 아니라 상대의 수고로움을 나름 다정하게 토닥거려 주고 싶어서. "아이고, 욕봤네."

할매, 니 이제 나간데이.
접때맹키로 니 기다러지 말고
저녁 먼저 무라. 알았제?

송아람, 『두 여자 이야기』(이숲, 2017)

경상도 아이들은 집에서나 학교에서나 노상 "접때맹키로 할래 안 할래?" "접때맹키로 하기만 해 봐라" 하는 소리를 듣고 자랐다. 아이의 작은 실수나 좋지 않은 결과를 두고 기어이 반성을 요구할 때 어른들은 이 말을 꺼내 들었다. 지난번에 어떻게 했기에, 재수 없으면 두고두고 '접때맹키로'를 들먹이며 핀잔을 준다.

하지만 달리 긍정적으로 쓰이기도 한다. 새로이 시작한 일 앞에서 자꾸 긴장하고 주저하는 친구가 있다. "아이고, 접때맹키로 하면 되제." 친구에게 건네는 내 나름의 살가운 응원이다. 뭐가 걱정이냐, 지난번에 잘했던 것처럼 이번에도 잘할 테니 힘내라는 격려이기도 하다.

'접때맹키로'는 멀지 않은 과거의 어느 한 때처럼, 그때처럼이라는 말이다. 그런데 어떤 일이든 접때맹키로 해도 되는 일이 있고 접때맹키로 하면 안 되는 일이 있다. '접때맹키로만 해라'는 지난번 결과가 좋았을 경우다. 그때만큼만, 그만큼만 하면 된다는 말이니. '접때맹키로 그리 하기만 해 봐라' 이건 지난번 결과가 좋지 않았거나 뭔가 잘못된 행동이나 선택을 했을 경우다. 그러니 지난번처럼 하면 질책하겠다고 벼르는 말이다.

어떤 일에든 선택을 하고 정도를 조절해야 한다. 만약 지금 뭔가를 준비하고 있다면 접때맹키로 해도 될지, 접때보다는 더 잘하고 싶은지 단디 가늠을 해 보자.

단디해라.

고정욱 글, 정은규 그림, 『빅 걸』(책담, 2020)

'단디'는 단단히, 확실히, 야무지게라는 뜻으로 쓰인다. 서술어미가 어떻게 붙는가에 따라 독려가 되기도 하고 지시나 명령이 되기도 한다. 송아람 작가의 만화『두 여자 이야기』에는 자꾸 정신줄을 놓는 할머니에게 "이제 고마 정신줄 단디 붙들고 계시소"라는 말이 나온다. 이때는 독려이고 당부이다.

요즘은 사투리가 지역 콘텐츠가 되고 있어 제법 익숙해졌지만 수년 전만 해도 '단디'를 사용하면 지역 사람들조차 재미있어하며 따라 말했다. 2015년 1월 경남 진주에서 작은 인터넷 언론이 창간됐는데 제호가『단디뉴스』다. 지역 사람은 한 번 들으면 절대 잊어버리지 않겠다 여겼다. 하지만 언론 제호로 사투리를 쓰는 건 너무 가볍지 않냐는 곱지 않은 시선도 있었다. 1990년대 이후 전국 각 지역에서 풀뿌리 언론을 창간해 왔지만 지역 사투리를 제호로 쓴 사례는 없었던가 싶다. 대부분의 지역 언론은 발행 지역의 지명을 따서 제호를 정하는데, 기존의 틀을 벗어난 일이었다.

앞서 말했듯 단디는 쓰임새와 어감에 따라 독려이고 당부이기도 하지만 지시나 명령처럼 들리기도 한다. 누군가에게 "단디해라"는 말을 들으면 조언으로 들리기보다는 간섭 또는 무례함으로 다가온다. 말인즉슨 현재 뭔가 어긋난 게 있으니 더욱 확실히 하라는 훈계로 들려서 정겨운 사투리라기보다는 강요나 구속으로 느껴지는 말이기도 하다. 그래선지 '단디해라'는 말이 억울하게 들릴 때도 있다. "단디 안 하고 머했노?"라는 식으로 다그치면 팩 소리치며 뾰족해진다.

"단디 했는데 요서 우찌 더 단디하라꼬!"

세 마디 말.
"밥 도."
"아는?"
"자자."

최종희, 『대구경북의 사회학』(오월의봄, 2020)

한때 경상도 남자는 무뚝뚝하다며 희화한 이야기가 온 데 퍼진 적이 있다. 경상도 남자는 집에 들어오면 딱 세 마디만 한다고. "밥 도." "아는?" "자자." 경상도 사람 말고는 고개를 갸웃갸웃할 말이다. 입말을 글말로 써 놓으니 더 알쏭달쏭하다.

경상도 남자의 특성을 무뚝뚝함으로 규정하고 거기에 빗댄 유머라고 지나칠 수도 있겠지만 어째 가볍게 느껴지지 않는다. 언제 어디서부터 시작됐는지 정확히 알 수 없으나 경상도 남자는 소통이 어렵고 타인과의 관계에 매우 서툴러 일방적이고 권위적이라는 인식이 깔려 있다. 뒤집어 생각하면 경상도 여자는 남자가 그리해도 다 받아 주며 참고 산다는 말이다. 그래서인지 내가 이십 대였던 1980년대만 해도 어떤 남자가 좋으냐고 물으면 상냥하고 친절한 서울 남자가 좋다는 대답이 많았다. 그런 만큼 친절한 남자에 잘 속는 것도 경상도 여성이었다고.

그런가 하면 영화나 드라마 속 조직 폭력배, 저학력, 하층민 남자 캐릭터는 대부분 거친 경상도 말을 구사한다. "니 쫄았제?" "쌔리 주차삐도 니가 우짤낀데?" 등등 특유의 억양으로 그들이 쏟아내는 말은 무례하고 저급하기 일쑤다. 대책 없고 저돌적인 인물은 어김없이 경상도 남자다. 어수룩하고 덜떨어진 데다 우스꽝스러운 캐릭터도 경상도 말을 구사한다는 설정이 대다수다. 경상도 남자에게서 세련미를 찾기란 좀체 어려운 일이다. 아쉽다. 왜 영화나 드라마엔 다정히 조곤조곤 경상도 말을 구사하는 캐릭터는 없는 걸까. 차분하고 세련된 태도는 늘 서울말을 구사하는 남자로 등장한다. 영화 『봄날은 간다』의 유명한 대사 중 "사랑이 어떻게 변하니?"가 있다. 이번에는 이별을 앞두고 남자 주인공 상우가 외친다. "사랑이 우짠다꼬 변하노?" 로맨스보다는 코믹이 될까. 사실 서울말도 사투리인데 말이다.

돌멩이로 공가서 솥 걸고,
가지밭이나 호박 심은 데 찾아
반찬거리 갖고 온나.

김원일, 「여름 아이들」 『오늘 부는 바람』

(문이당, 2005)

쓰러지지 않도록 잘 받쳐야 한다. 한쪽으로 기울지도 않아야 한다. 이럴 때 경상도에서는 공간다고 말한다. '공가다'는 괴다의 경상도 사투리이다. 공가는 것은 무엇보다 균형을 잘 잡아야 한다. "잘 공가라. 니가 잘 공가야 되는 기라."

어떤 일이든 밑받침을 잘 잡아야 한다. 토대가 중요하고 기둥이 중요한 게 그 재목도 좋아야 하지만 그걸 놓는 사람이 위치나 방향을 잘 잡아야 한다. 한마디로 기술이 있어야 한다. 까닥하다간 공든 탑이 와르르 무너질 수 있다. 잘 괴는 것은 그만큼 중요하다.

산길을 가다 보면 모롱이를 돌 때 혹은 쉼터 근처에서 누군가가 쌓은 돌탑을 더러 본다. 이상하게도 대부분 사람들이 그 앞을 그냥 지나치지 않는다. 주변을 두리번거려 돌멩이를 찾고 하나, 둘 얹는다. 나도 그렇다. 어느새 울퉁불퉁하지 않고 되도록 모양새가 잘생긴 돌멩이를 고르고 있다. 그래야 이전의 누군가가 하나씩 쌓아 올린 돌탑을 무너뜨리지 않고 내가 고른 돌멩이가 자리를 잘 잡을 수 있을 테니까. 돌멩이를 얹을 때도 매우 조심스럽다. 밑돌이 잘 공가졌는지, 내가 얹는 돌멩이가 균형을 잘 잡아 공가지도록 두루 살피게 된다. 딱히 간절한 그 무엇, 구체적인 소원이 있는 것도 아닌데 어느새 머리를 조아리고 경건한 마음으로 두 손을 모은다.

공가는 것은 기울지 않도록 떠받치는 힘이다. 사는 것도 그런 것 같다. 밑돌을 살펴 내 돌멩이의 위치와 균형을 맞추는 것. 내 삶이 무너지지 않도록 받치는 것. 공가는 것은 기원이고 기술이다.

권

쇗대

이두호, 『객주』 부록 「객주 우리말 사전」

(바다출판사, 2015)

"키 가져온나."

억양이나 서술어미는 경상도식이지만 명사는 영어를 쓴다. 키(Key)는 열쇠, 경상도에서는 쇳대다. 아니 더 강하게 발음한다. '쎄때'라고. 경상도에서 태어나 자란 나는 쇳대가 경상도만의 말인 줄 알았다. 하지만 지역 구분 없이 두루 사용되는 말이다. 쇳대의 상대어는 자물쇠, 자물통이다. 자물통에 맞는 쇳대가 있어야 열 수 있다. 모양에 따라 맹꽁이자물통, 잉어자물통……어떤 자물통이든 열려면 쇳대가 있어야 한다.

쎄때라 하니 오래전 기억 속 시골 큰댁 고방(광)이나 할매방에 있던 반닫이장이 떠오른다. 뭐가 들었는지 어린 마음에 너무 궁금했다. 하지만 일 년 곡식과 그 외 먹거리를 재어 놓은 고방은 집안 잔치나 제사 때만 활짝 열렸고 애초에 어린 우리가 함부로 들어갈 수 있는 곳이 아니었다. 어른들은 고방 안에는 토재비(도깨비)가 살고 있어 어린애를 잡아간다 겁주곤 했다.

반닫이장 쎄때는 할매 허리춤에 달린 주머니 안에 있었다. 할매는 가끔 그 반닫이를 열어 옥춘사탕●이나 곶감을 꺼내 주었다. 어린 눈에는 보물 상자 같아 어떤 날은 할매 몰래 자물통을 마구 흔들어 대자면 호통이 떨어졌다. "쎄때로 단디 장가야(잠가야) 함부래 손을 못 대제."

하지만 할매가 쎄때를 잃어버려 낭패를 보는 경우도 있었다. 어쩌다 주머니에서 빠졌는지 할매는 어린 우리를 다 동원해서 온집 안을 뒤지게 했다. 마침내 내가 소리쳤다. "할매 찾았다! 요게 널짜놨구만요(떨어트렸네요)." 의기양양해진 내게 할매는 잘했다고 반닫이에서 옥춘사탕을 꺼내 주었다. 알록달록한 사탕은 입에 넣기 아까웠다.

● 옥춘당(玉春糖), 쌀가루로 만든 사탕의 하나.

맴이 목딱 같다(영 좋지 않다)
그쟈, 고마 오거 너 했비라.

임신행 글, 김승연 그림, 『굴참나무 숲에는』
(아동문예사, 2013)

'목딱 걸다, 목딱 같다' 혹은 '혹딱 같다'로도 쓴다. 못 생기고 맘에 들지 않는다는 뜻이다. "혹딱같이 생긴 기" 하는 식으로 주로 생김새를 빗대거나 "에이, 혹딱 같다"처럼 (마음) 상태를 이야기할 때도 쓴다. 어머니 말이다. "그랑께네 내 맴이 혹딱 같다아이가." 목딱이나 혹딱의 어원은 잘 모르겠다. 더러는 울퉁불퉁 못생긴 모과에서 나왔다 하고 더러는 호떡에서 나왔다고 한다. 나는 목딱 같다는 말이 더 익숙하다.

살면서 맴이 목딱 같은 경우가 얼마나 많은가. 특히나 관계에서 비롯되는 것이란. 나이가 드니 모든 관계가 조심스럽다. 사람과 사람 사이만이 아니다. 개나 고양이 등 반려동물만이 아니다. 식물도 마찬가지다. 베란다에 들여다 놓은 화분들, 누군가가 줘서 혹은 길에 버려진 화분을 주워 왔다가 어쩌지 못해 고민하게 될 때가 온다. 가령, 더 좁은 집으로 이사하는 경우처럼. 같이 살던 반려동물이나 식물을 남의 집으로 보내는 것도 차마 못할 짓이다. 그야말로 마음이 목딱 같았다. 그래봤자 때는 늦었지만.

수년 전에 시골 빈 땅에 매실, 살구 등 묘목을 빼곡히 심었다. 시간이 지나 점점 큰 나무가 됐다. 발 딛기조차 힘든 숲이 됐다. 누구는 나무를 모두 베라지만 10년, 20년 자란 나무를 베려고 하니 마음을 내기가 쉽지 않다. 필요해서 심었다가 필요치 않다고 내팽개치는 인간이 되기 싫은 까닭이다. 그렇다고 해서 이 망설임이 결과를 바꾸지 못한다는 것도 알고 있다.

살아오면서 겨우 터득한 것 중 하나는 사람이든 동물이든 식물이든 끝까지 함께하거나 책임질 게 아니라면 함부로 '식구'가 돼서는 안 된다는 것. 까닥하다간 맴이 목딱 같아지는 걸.

한량1 으따! 나가 시방 한 곡조
      확 뽑아블 수 있는디,
      시방 목이 쪼까 안 좋응께.
한량2 너 구라까지 마라이!
      확 주뎌를 고마 자바
      째 뿌까!
한량1 뭐시! 주뎌? 주뎌가 뭐다냐?
한량2 뭐다냐? 뭐다냐가 뭐꼬?

강재림 희곡집, 「더 뮤즈 록주」『눈의 여인』

(연극과인간, 2015)

전라도 한량과 경상도 한량이 만나 서로 제가 잘 논다고 내세우는 장면이다. 전라도에서 온 한량1이 "아하, 내가 지금 한 곡조 확 뽑을 수 있는데 지금 목이 조금 안 좋다"고 말하자 경상도에서 온 한량2가 "너 거짓말 늘어놓지 마라. 확 입을 그냥 잡아 찢어버릴까"라고 맞받아친다. 한량들의 이야기를 더 이어 가자면 "주디가 뭐다냐"고 묻던 전라도 한량1이 나중에 다른 말끝에 "거 보랑게. 그 잘난 조동아리 나불나불대다가 그리될 줄 알았재. 아! 그 조동아리가 자네 말한 주딘가?"라고 말하는 대목이 있다. 주디가 뭔지 그제야 알게 된 것이다.

주디의 용례는 다양한 작품 속에서 찾을 수 있다. 최은영의 희곡 『비어짐을 담은 사발 하나』에서 등장인물 현풍댁은 말한다. "고래도 조 주디, 참말로 올 아침에 내가 찌짓으야 되는 긴데." 시답잖거나 허튼 말을 자꾸 하니 주디(입)를 찢어버린다는 윽박질이다. 김주영의 소설 『홍어』에는 다음과 같은 말이 있다. "세상 사람들 모두 니 같으면 얼매나 좋겠노. 어른들이란, 밤마다 똥걸레를 입에 물고 자는지 주둥이가 더럽기 짝이 없제." 경상도 어투의 문장이다. 하지만 이때 쓰인 주둥이는 사투리가 아니라 속어라고 한다. 자라면서 주디, 주둥이를 크게 구별하지 않고 듣고 썼다.

주디, 주둥이는 희한하게 예쁘게 쓰이는 용례를 찾아보기가 힘들다. 곱게 립스틱을 바른 것을 두고 당장 "주디 머 발랐노?" 하는 순간 세모눈이 쏘아볼 것이다. 하긴. "앵두 같은 주디" "연지를 바른 듯 붉은 주디"는 아무래도 어색하다. 주디는 '다물어라' '꼬매삔다'라는 말과 어울린다. 익숙함이겠다.

봄날이 오면 뭐하노 그쟈,
우리는 너무 멀러 떨어져 있는데.

김일광, 『호미곶 가는 길』(단비, 2019)

1970년대 후반이었나. 어느 날 흑백 TV에서 가수 최백호가 「그
쟈」를 읊조리듯 노래했다. "봄날이 오면은 뭐하노 그쟈/ 우리는
너무 멀리 떨어져 있는데/ 꽃잎이 피면은 뭐하노 그쟈/ 우리는
너무 멀리 떨어져 있는데……." 경상도 소도시의 사춘기 여중생
들은 공연히 울적해져 "조금은 외로워도 괜찮다 그쟈, 우리는 너
무너무 사랑하니까……" 흥얼거리곤 했다. 그런가 하면 어떤 친
구는 소풍 장기 자랑에서 「그쟈」를 멋들어지게 불렀다. 당시 선
생님들 말마따나 "멀 안다꼬" 말이다. 연애나 이별도 경험하지
못한 철부지들이지만 사랑에 대한 동경만으로도 설레던 나이,
거기다가 평소 쓰던 말이라 더욱 입에 딱 붙었는지도.

  '그쟈'는 '그렇지'의 경상도 말이다. 이렇게만 말하면 왠지
밋밋하다. '그렇지'가 확실하다는 뜻이라면 '그쟈'는 거기에다
상대방의 공감, 동의를 바라는 의미가 더해졌다고나 할까. 최백
호의 「그쟈」는 떨어져 있는 연인을 향한 애틋한 마음까지 담겨
있다. 봄날이 와도 꽃잎이 피어도 니가 내 곁에 없으면 말짱 황이
라는. 라디오에서 최백호가 낮게 읊조리듯 이 노래를 시작하면
아무것도 모르는 어린 계집애의 마음도 이미 애가 타도록 간절해
지는 것이다.

  그런데 흑백 TV에서 부산 억양의 최백호가 이 노래를 부를
무렵, 대부분의 노래나 TV 드라마가 표준어로 통일되었고 국어
순화운동으로 학교 교육에서 표준말 쓰기 운동을 전개하고 있
었다. 국민학교(초등학교) 아이들은 고운 말 표준말을 쓴다며
TV 속 연예인의 말투를 흉내 내고 있었다. 그런데 이 노래가 나
왔을 때 서울이나 전라도, 충청도 사람들은 알아들었을까. 새삼
궁금하다.

진주 말에 애나가 있는데예,
당신을 사랑합니다고 했더니
애나? 하는 바람에 벌써
애를 낳잔 말이가 겁이 나서
야반도주를 하고 말았다는
사내 얘기가 있지예

손택수, 「애나」(2014)

손택수 시인의 시 「애나」를 읽다 보면 경남 진주의 대표 지역 말 '애나'에 얽힌 이야기에 실없이 웃고 만다. 여기서 '애나'는 경상도 말 '애나가' 혹은 '에나' '에나가'를 말한다. 진주 사람들은 '애나'가 진주의 고유한 말이라고 내세운다. 입말이라 그런지 '애나' '에나' 두 가지 표기 다 쓴다. 애나는 '참말' '진짜'라는 뜻인데, '애나가?' 하고 물을 때는 '참말입니까?' 반문하는 것이고 '애나로'라 쓸 때는 진짜를 강조하는 것이다.

지금은 작고하신 하종갑 전 경남일보 편집국장의 시사만화로 「애나가 선생」이 있었다. 기발한 해학과 풍자, 위트로 경남 독자의 사랑을 받았다. 35년간 8천 회라는 연재 기록을 세운 「애나가 선생」에 관한 연합뉴스 기사(2004년 7월 13일 자) 내용 일부를 살펴보면 다음과 같다. "그는 1969년 7월 5일 이 신문사에 입사한 뒤 4컷의 만화에 시대의 흐름에 따른 서민들의 답답한 심정을 해학적이고 익살스럽게 그려 독자들의 스트레스를 해소시키고 부정부패한 정권이나 사회 부조리의 정곡을 찔러왔다. (……) 도민들의 희로애락을 대변하고 예리한 통찰력과 판단력으로 왜곡되고 삐뚤어진 요지경 세상을 질타, 독자들의 인기를 모았다."

'애나가'는 지역민조차 제쳐 두었던 말이었는데 하종갑 작가와 같은 토박이들이 수십 년 동안 써 오며 지켰기에 그나마 살아남은 말이라 해도 과언이 아니다. 진주 시내 오래된 동네를 돌다 보면 '에나○○' 하는 상호를 접하기도 하고 지역성을 살린 브랜드로 '애나, 에나'를 사용한 것을 보기도 한다. 그러고 보니 진주 관광객을 위한 소비 환급 제도의 공식 명칭도 '에나-캐시'이다. 사투리와 영어를 섞어 할매들 말마따나 "니 맛도 내 맛도 아이다" 싶지만 그나마 잊지 않고 공식 명칭에 지역어를 활용하는 지방자치단체의 노력이 가상하다.

"심 안 들이구서야 어디 돈이
그리 숩게 벌러나?"

권여선, 『푸르른 틈새』(문학동네, 2007)

2013년부터 고향 진주에서 헌책 장사를 시작했다. 서울을 떠나기 전 단골로 다니던 책방들을 찾아 고향으로 돌아가 헌책방을 하겠다 말씀드리고 조언을 구했다. "건물주가 아니라면 시작하지 말라"는 분들이 많았다. 그리고 이제 (헌)책장사는 돈이 안 된다는 이야기도 덧붙였다. 다른 일도 많은데 굳이 헌책방이냐 걱정하셨다. 책 팔아 돈을 벌겠다는 생각은 애초부터 없었지만 그래도 어딘가 책을 읽는 사람이 있을 거라는 희망은 있었다. 물론 그 희망에 구체적, 과학적 근거가 있는 건 아니었다.

헌책방은 자영업 도전으로 치면 네 번째다. 장사로 돈을 버는 일이 어떤 건지 이미 이전의 실패로 충분히 경험해 본 터라 다시 예전처럼 하고 싶진 않았다. 하지만 사람이 쉽게 변할 수는 없는 법. 골초에다 항상 와인병을 끼고 살며 책 주문하기 귀찮아 손님을 쫓아내는 딜란 모란(BBC 드라마 『블랙 북스』의 주인공) 같은 책방 주인까지는 아니어도 억지로 무리해서 열심히 하고 싶은 마음은 없었다. 힘 안 들이고 돈이 쉽게 벌린다면 누구나 부자가 되었겠지. 부자가 되기보다 좋아하는 일을 하며 인생을 즐기는 쪽에 무게를 두기로 했다. 하지만 그것도 내 맘대로 되는 건 아니다. 항상 먹고사는 일은 중요하니까.

"장사할래문 간 쓸개 다 빼놓구 해야는 법이니께." 마찬가지로 소설 『푸르른 틈새』에서 나오는 문장이다. 이게 바로 장사의 정석이다. 어떤 물건을 파는지는 중요하지 않다. 간, 쓸개 정도는 쉽게 내놓을 결심이 서야 자영업에 뛰어들 준비가 된 것이다. 그렇게 독한 준비를 하고 심(힘) 들게 시작한 곳도 문을 닫는 게 현실이다. 세상 쉬운 일이 없다. 그럼에도 불구하고 간과 쓸개까지 내어놓고 장사를 하고 싶진 않다. 내 자존심도 중요하니까.

"하나야, 강연도 다 기싸움이다잉.
강연할 때 자불거나● 딴짓하는
사람들이 있으면 (눈을 부릅뜨며
볼륨 업) 이 사람들이 지금, 어?
내가 을마나 준비를 해가, 열과
성을 다해서 강의하고 있는데
버르장머리없구로! 학 마!
안 들으면 너 손해지! 이래 생각을
해야 된다잉! 쭈삣거리고 거게
말려들면 안 되는 기라. 알았제?"

김하나, 『말하기를 말하기』(콜라주, 2020)

결혼식을 며칠 앞두고 아버지께서 조용히 부르셨다. "깊이 새기들어라. 결혼하면 이제 니 인생이 아이다. 식구를 생각해서라도 어디든 직장에 들어가서 한 우물을 파야 한다. 알것제."

아버지의 충고를 깊이 새겼지만 행동으로 옮기진 못했다. 지금까지 열 번쯤 직업을 바꾸었고, 겉은 헌책방 책방지기이긴 하지만 N잡러로 생활하고 있으니까. 사직서를 쓰거나 세무서를 찾아 사업자등록증을 말소시킬 때면 아버지께서 하신 말씀이 다시 벌어진 생채기처럼 가슴속에서 따끔거렸고, 한 우물을 판다는 것이 얼마나 힘든 일인지 실감하곤 했다. 살아 계셨으면 그때마다 야단을 맞았겠지만 이제 아버지는 떠나시고 없다.

강연자로 나섰다가 자신감을 잃고 온 딸의 기운을 북돋워 주려는 '아빠'의 진심이 가득한 김하나 작가의 문장을 읽으며, 오래전 걱정스레 나를 보며 이야기를 꺼냈던 아버지가 생각났다.

부산 사람 김하나 작가의 책을 읽으면 부산말, 진주말이 가득해서 고향 사람과 정답게 이야기 나누는 기분이다. 진주가 고향인 작가의 어머니 이옥선 님이 쓴 육아일기 『빅토리 노트』(콜라주, 2022)에는 남편에 대한 이야기가 나온다. 맞다, 작가를 격려한 아버지와 동일인이다. "방학이 시작되면 아빠가 집에 있는 시간이 많으니까 아빠랑 친해지는 시간이기도 하다. 하지만 어느 기간까지는 엄마가 일기를 자주 못 쓰기도 한다. 남자가 집에 마냥 있어도 탈이고, 없어도 탈이다." 교사인 남편이 방학 동안 집에 있는 시간이 많은 것이 마냥 편하진 않았나 보다. 재택근무를 하던 시절의 내 모습과 8할쯤 겹치는 느낌이다. '있어도 탈, 없어도 탈'인 중간 그 어디쯤 존재하는 아버지의 숙명이라니. 이건 모든 아버지의 숙명일지도.

● 졸거나.

단디해라 안전띠!
살아있네 깜빡이!

부산서부경찰서 교통안전표어

"와 그리 헐랭이고. 단디 안 하나." 나이를 이마이(이만큼) 먹고도 야무지지 못한 탓에 어머니께 야단맞곤 한다. 엄밀하게 따지는 걸 싫어하는 성격 탓에 물에 물 탄 듯 술에 술 탄 듯한 것이 좋다. 하지만 모든 일을 그리할 수 없으니 안타까울 수밖에.

올해 교통사고가 났었다. 스쿠터 타고 즐겁게 밀면 먹으러 가는 길이었다. 불법 유턴하는 차가 나를 못 봤나 보다. 차에 치여 넘어졌을 때 누구의 잘잘못을 따질 겨를이 없었다. 고급 외제차에서 내린 운전자가 제 차를 먼저 살피는 순간 잠시 꼭지가 살짝 돌았으나 금방 원래 헐랭이로 돌아왔다. 나의 오래된 스쿠터는 꽤 수리비가 나왔지만 다행히 나는 다친 곳이 없었다. 연락처를 주고받고 보험회사에 사고 접수 확인하고 깨지고 비틀어져 너덜너덜해진 스쿠터를 타고 오토바이 수리점으로 향했다.

수리점에서 달달한 커피 한 잔 얻어 마시며 한숨 돌리고서야 운전자에게 왜 운전이 그따위냐 따지지 못한 것을 후회했다. 사고 나던 순간이 슬로비디오처럼 머릿속에 그려졌다. 중앙선을 넘어 나를 밀어붙이던 그 순간 그는 깜빡이도 켜지 않았다. 하긴 중앙선을 침범하는 주제에 무슨 깜빡이를 넣겠나. 핸들을 붙잡고 넘어지지 않으려고 안간힘을 쓰는 동안 차를 타고 나올 걸 하는 생각이 주마등처럼 내 머릿속을 스치고 지나갔다. 그리고 외제차와 부딪치는 순간 내 스쿠터 안위보다 그 차 걱정부터 했던 것도 기억났다. 상대방의 100퍼센트 과실인 것에 얼마나 안도했는지.

"엄니, 오늘요 밀면 먹으러 가다가 외제차랑 부딪치가꼬 스쿠터가 뽀사져가 맡겼어요." 다친 곳이 없었으니 그리 말할 수 있었다. "아이고 잉가이(어지간히) 해라. 니 나이가 몇 갠데, 이제 오토바이는 고마 타고 댕기고. 걸어 댕기라." 어머니께 또 한소리 들었다.

"끌베이가."

유튜브 채널 『Jason Charlie Park
(Nominom)』에서

70매쯤 원고를 썼고 원고료로 20만 원을 받았다. 원고지 1매당 3,000원쯤 되는 셈이다. 노동 시간을 정확히 재지는 않았지만 하루 8시간씩 3일 정도 일한 결과물이다. 원고지 매수로 값을 치는 매절로 원고를 작업할 때는 얼마를 받아야 할지 항상 고민이다. 딱히 정해 둔 기준은 없다. 적어도 일한 시간에 곱해 최저 시급 이상은 받고 싶다. 원고료를 확인하면, 일이 있는 것만으로도 감사하지만 창작의 고통에 대한 대가치고는 너무 헐값이라는 생각이 드는 건 어쩔 수 없다. 처음부터 거절했어야 했는데 매번 후회하면서도 실수를 반복한다. 통장에 들어온 원고료의 동그라미를 새며 래퍼 미스타-씨(Mista-C)의 노래 「난 끌베이」 가사가 떠올랐다.

쪽팔려서 말도 못 했지만은 / 내 음원 수익은 꼴랑 만 원
Oh 만 원 오만 원도 아닌 / 단돈 만 원 오늘 밤만은

'끌베이'는 거지를 뜻하는 경상도 사투리다. 거렁뱅이를 아주 빠르게 발음하면 끌베이가 된다. 꽤 오랜 세월 끌베이와 비슷한 생활을 했고 자존심도 없었다. 자존심이 밥을 먹여 주지는 않으니까. 그렇더라도 포기할 수 없는 건 재미. 재미만 있으면 최소한의 버틸 수 있는 여지만 있어도 무조건 오케이였다. 하지만 매번 재미를 따질 수 없는 나이가 되었다. 사람도 세월에 따라 상황에 따라 변하기 마련이다. 조금씩 삶의 노선을 수정했다. 11년 전 헌책방을 열 때 "돈보다 책, 책보다 사람"이라는 운영 원칙을 정했는데, 지금은 우선순위를 바꾸었다. 믿거나 말거나 돈이 먼저다! 인제 그만 끌베이는 면하고 싶다. 그런데 재미는 여전히 포기가 안……

행님아
너 내보다
먼저 죽으면
직이뿐다

박성진, 「우애」『숨』(펄북스, 2018)

박성진 시인을 처음 만난 때는 2015년이다. 당시 그는 큰 수술을 하고 잠시 부모님이 계신 경남 산청으로 내려와 요양 중이었다. 그는 파리한 얼굴과 종잇장 같은 몸으로 내가 하는 책방에 놀러 와 책 옮기는 일을 도왔고, 우리는 금방 친해졌다. 이 사람은 뭐든 진지했다. 진지하기만 했다면 질색했을 텐데 진지한 만큼 맑기도 해서 좋았다. 학교에서 아이들을 가르치는 일 외에 좋아하는 일이 무엇인가 물었더니 그는 시를 쓴다고 했다. 시를 볼 수 있느냐 다시 물었더니 며칠 후 그가 지금까지 썼던 시를 봉투에 넣어 왔다.

모두 여물게 다듬은 시들이었다. 혹시 등단했느냐 물었더니 아니라고 했다. 등단과 투고를 위해 시를 짓는 일은 얼마나 애처로운 일인가. 다른 글은 몰라도 시만큼은 삶 그 자체였으면 좋겠다고 항상 생각했다. 그의 시는 삶을 담금질한 말과 글을 품고 있었기에 책방에서 시집으로 묶자고 그에게 제안했다. 그렇게 그의 첫 시집 『숨』(소소문고, 2016)이 나왔다. 책을 만드는 일은 즐겁지만 파는 일은 항상 힘들고 고되다. 초판을 모두 팔고 시집의 생명이 길게 이어지길 바라며 판권을 다른 출판사에 넘겼다. 두고두고 시인에게 빚을 지고 말았다.

그의 시 중에서 「우애」를 좋아한다. 단 넉 줄, 죽음의 경계에 섰던 형을 위한 동생의 윽박이자 분려奮勵이다. 동생 덕분이었는지 그는 병마와 맞서 결국 이겼고, 강원도 양양 산골학교에서 꾸러기들과 씨름 중이다. 여전히 글을 짓고 있는 듯한데 언젠가 감춰 둔 시를 읽을 기회가 있지 않을까. 이 시를 읽으며 시인의 동생만큼 우애 깊은 내 동생을 생각했다. 아마 내가 어디라도 다쳐 병원에서 고개를 숙이고 앉아 있다면 이리 말할 것이 분명하다. "내가 머라켓노. 뽈뽈거리고 싸돌아댕기지 말고 조심하라 했제. 잘한다, 잘해." 그런데 경상도 동생들은 왜 다들 직설적이고 거친 걸까. 경상도라 그런가, 동생이라 그런가.

친구1 너 우얄라꼬 가를
좋아하노? (너 어쩌려고
그 애를 좋아하니?)

친구2 와 이뿌더만…… 좋아하모
안 되나? (왜 이쁘던데…
좋아하면 안 돼?)

친구1 가가 철이 여자친구다.
(그 애가 철이 여자친구야.)

친구2 가가 가가? (그 애가
그 애야?)

손순옥, 『경상도 말모이 니캉내캉』

(좋은땅, 2020)

경상도 사투리는 글자 그대로 표현해선 뜻을 제대로 전달하기 어려울 때가 많다. 문학 작품 속에 경상도 말을 쓰기 힘든 이유도 여기 있을 것이다. 다른 사투리에 비해 경상도 말과 제주도 말은 뜻을 알아차리기가 힘들다고 한다. 제주도 말의 경우 섬이라는 특수성이 있지만, 경상도 말은 내륙임에도 불구하고 다른 지역에 비해 말 줄임(축약)과 높낮이(성조)의 쓰임이 많다. 어릴 때부터 듣고 말하지 않았다면 시골이나 시장에서 어르신들이 주고받는 입말은 외국어처럼 들릴 수도 있다. 특히 '가'는 상황에 따라, 억양에 따라 완전히 다른 뜻을 가진다.

가 : 가라! / 그 아이 말이니?
가가 : 그 아이니? / 그 아이가…… / 가지고 가! / ~에 가서……
가가가 : 가 씨 성이니? / 걔, 그 아이니? / 가지고 가서……
가가가가 : 그 아이가 그 아이니? / 그 아이가 가서는……
가가가가가 : 그 아이 성이 가 씨니? / 그 아이가 가지고 가서는……

경상도 사투리의 난해함을 대표하는 예로 자주 인용되는 '가'들이다. 전라도의 '거시기'와 비슷한 역할을 하지만 짧고 빠르게 말하고, 장단이 아니라 억양으로 의미를 전달하는 느낌이다. 말을 생략하거나 축약하고 억양을 이용해 '대화의 효율을 극대화'하는 경상도 말의 특성은 어디에 기인한 것일까. 충청도나 전라도 말과 비교해 억양이 강하고 말이 빠른 것은 분명한 것 같은데, 경상도 사람들의 단호하고 무뚝뚝한 성향의 영향은 아닌지 새삼 궁금하다.

너 어제 아래● 뭐 했노?

「30년간 써온 사투리가 1시간 만에

고쳐진다고?」『매일경제』 2019년 12월 16일 자

"학교 동기에게 "니 어제 아레 뭐했노?"라고 물었더니 "아래에서 뭘 했다는 거야?"라는 엉뚱한 반문을 받았다. 그때 받은 황당함은 이루 다 말로 표현하기 힘들리라. 순간 아레를 대체할 말이 생각조차 나지 않았다."

『매일경제』 추동훈 기자는 대구 토박이다. 서울살이를 조금이라도 해 본 경상도 사람이라면 '말이 통하지 않았던' 경험 한두 가지씩은 풀어놓을 수 있다. 그는 30년간 써 온 사투리를 고치기 위해 스피치 전문가를 찾았고 그 경험을 기사로 썼다. 제목은 「30년간 써 온 사투리가 1시간 만에 고쳐진다고?」. 이미 표준어 구사는 포기했지만 제목에 혹할 수밖에 없었다.

추동훈 기자가 만난 임유정 라온제나스피치커뮤니케이션 대표는 경상도 사투리의 '화려한 리듬감'은 표준어를 배우는 데 매우 불리하다고 설명했다. 동의할 수밖에 없다. 경상도 지역을 벗어나 편안하게 의사소통을 하려면 먼저 말의 높낮이에 힘을 빼는 것이 무엇보다 중요하다. 그리고 이중모음인 '의', '워' 발음에 신경 써야 한다. 핵심은 힘을 빼고 무심한 듯 말하는 훈련을 꾸준히 하는 것. 그리고 발음과 발성, 호흡을 익혀야 한다. 정확한 발음에 신경 쓰고 복식호흡에 기반해 발성에 집중해야 표준어를 제대로 말할 수 있다고.

전문가를 만났지만 당연히 기자도 1시간 만에 사투리를 고칠 수는 없었다. 어머니 뱃속에 있을 때부터 배운 탯말을 두고 다른 지역 말을 능숙하게 구사하려면 노력과 연습밖엔 답이 없다. 굳이 사투리를 고쳐 표준어를 쓸 필요는 없겠지만 같은 사투리라도 발음과 발성이 정확하면 당연히 전달력을 높일 수 있다.

● '아레'는 그저께(2일 전), '저아레'는 그끄저께(3일 전), '고페'는 글피(3일 후), '고고페'는 그글피(4일 후)라는 의미다.

상남자의 힘을 보여 줄게,
아까맹키로●

유튜브 채널 『매그넘』 노래 「아까맹키로」에서

플레이리스트 첫 번째 곡을 꼽는다면 레드 제플린의「블랙 도그」다. 만약 다음 생이 있다면 레드 제플린 같은 메탈 밴드의 콧수염 기른 드러머로 살고 싶다. 음치, 박치라 다음 생이 주어진다 해도 불가능할 것 같지만. 어쨌거나 실황 공연에서 연주하는 존 본햄의 모습은 접신하고 있는 듯하다. 보컬과 기타 사운드를 압도하는 그의 드럼 연주는 넋이 나갈 정도. 오토바이를 타고 어디론가 달릴 때 이어폰을 끼고「블랙 도그」를 듣고 있으면 완전한 자유로움이 내 몸을 감싸는 느낌이랄까. 고삐 없이, 박차도 내던진 채 광야를 달리는 인디언처럼 말이다.

"인디언이 되었으면! 질주하는 말잔등에 잽싸게 올라타, 비스듬히 공기를 가르며, 진동하는 대지 위에서 거듭거듭 짧게 전율해 봤으면. 마침내는 박차를 내던질 때까지, 실은 박차가 없었으니까, 마침내는 고삐를 내던질 때까지, 실은 고삐가 없었으니까, 그리하여 눈앞에 보이는 땅이라곤 매끈하게 풀이 깎인 광야뿐일 때까지."
　　—프란츠 카프카,「인디언이 되려는 소망」

이런 거침없음을 알고리즘이 찾아 준 헤비메탈 밴드 유튜브 채널『매그넘』에서 즐기고 있다.「주차삐까」「까리하네」「부산의 밤」등 곡명을 보아하니 부산을 무대로 활동하는 듯한데 아무리 찾아봐도 더 이상의 정보를 모르겠다. 처음 이 채널을 찾았을 때 구독자 100여 명, 하지만 꾸준히 곡을 올리는 것을 보곤 팬이 되어 소위 '뜰' 것을 기대하는 중이다. 그런 뮤지션이 몇 있다. '매그넘'은 경상도 사투리를 곡에 가져다 쓰는데 상남자처럼 거침없어서 좋다.

● 조금 전처럼.

페더는 한국말로 "마!",
"저 봐라", "병 짜이다",
"오늘 갱기 모한다",
"버일 온나"라며 능숙하게 말을
했다.

『스포츠 경향』 2023년 5월 21일 자

2023년 프로야구 마운드의 주인공은 NC다이노스 투수 에릭 페디였다. 그는 엄청난 기록을 양산하고 메이저리그로 돌아갔다. 역대 최소 경기 10승(12경기), 역대 최소 경기 전 구단 상대 승리 (15경기 만에 10개 구단 상대 승리), 외국인 투수 최초 트리플 크라운, KBO 플레이오프 한 경기 최대 탈삼진(12K), 외국인 선수 최초 한 시즌 20승-200탈삼진 동시 달성 등 전무후무한 기록을 세웠다. 특히 20승-200탈삼진 기록은 1986년 선동열 선수 이후 37년 동안 깨지지 않은 기록이었다. 당연히 2023년 MVP는 물론 골든 글러브까지 차지했다. 그는 장난기 많고 유쾌한 성격에 자신의 주무기였던 '스위퍼'를 어떻게 던지는지 같은 팀뿐만 아니라 자신을 찾아온 다른 팀 선수들에게도 가르쳐 줄 정도로 열린 선수였다. 자신도 그 구종을 다른 팀 선수였던 셸비 밀러에게 배웠고, 지식을 공유하며 서로 발전해야 야구가 더 재밌어지고 경쟁력도 생긴다고 했단다.

그는 성적뿐만 아니라 종종 사투리로 경기장 소식을 전해 팬들의 사랑을 받았다. 경남 창원시가 연고지인 구단의 프런트에서 기획한 일이었는데, 어눌하고 어설픈 사투리였지만 억양을 살리려 최선을 다하는 모습으로 호감을 샀다. NC다이노스에서 빼어난 활약을 한 덕분에 메이저리그 팀들의 러브콜을 받아 그는 예상보다 빨리 한국을 떠났다. 만약 그가 한국에서 몇 시즌이라도 더 활약했더라면 경상도 말을 훨씬 능청스럽게 할 수 있었을 텐데 아쉬워하는 팬들이 많았다.

인용문의 표현을 한 문장으로 붙여서 풀이하자면 "저기(하늘) 봐라. (날씨가) 아주 안 좋다. 오늘 경기 못 하니 내일 와"라는 의미다. 그런데 '파이다'는 말은 한 번으로 끝낼 것이 아니라 두 번은 반복해야 그 말맛이 사는 표현이다. 예를 들면 "영~ 파이네, 파이라." 이렇게 말이다.

"부산갈매기는 날마다 꼴등
아이가. 아빠나 잘해라."

tvN 드라마 『응답하라1997』(2012)에서

다행히도 롯데자이언츠 팬이 아니다. 1982년 한국 프로야구가 시작되었을 때부터 MBC청룡을 좋아했다. 꼬맹이 때였으니 연고지 제도란 게 있는 줄도 몰랐다. MBC청룡을 좋아한 이유는 딱 하나 백인천 감독 겸 선수 때문이었다. 지금이야 감독이 선수를 겸하는 게 말도 안 되는 일이지만 그때는 그게 가능했다. 1943년생이었던 백인천 감독은 당시 우리 나이로 마흔이었으니 은퇴할 나이에 다시 마운드로 돌아온 셈이었다. 프로야구 원년, 감독 겸 최고령 선수였을 뿐만 아니라 유일한 4할 타자(정확한 타율은 0.412)이기도 했다. 앞으로도 깨지지 않을 기록일 듯싶다. 1990년 LG그룹(당시 럭키금성)에 매각되어 LG트윈스로 팀명을 바꾸었을 때 MBC청룡에 남아 있던 팬심을 거둘 수밖에 없었다.

그렇다고 롯데자이언츠로 팬심을 옮길 수는 없었다. 최동원 선수를 좋아했으나 그를 버린 구단에 마음이 가지 않았다. 나는 롯데 말고 최동원 선수만 좋아한 팬이었다. 팀의 역사를 만들었던 선수를 상의도 없이 다른 팀으로 보내는 건 선수뿐만 아니라 팬을 생각해서라도 해서는 안 될 일이었다. 2011년 창원이 연고지인 NC다이노스가 창단했지만 한 번도 야구장을 찾은 적 없다. 지금은 마음 두는 팀 없는 비딱한 야구팬이다.

최동원 선수가 역투한 1984년 우승과 정규시즌을 3위로 마감하고 한국시리즈 우승을 차지한 1992년을 제외하곤 롯데자이언츠는 30년이 넘도록 하위권에 머물고 있으니 팬들로선 답답한 마음이 얼마나 클지 상상도 안 간다. 드라마에서처럼 전교 꼴찌 딸이 '부산갈매기' 코치인 아빠(성동일 분)에게 저렇게 말했으니 아빠가 분노할밖에. 극 중 주인공 성시원 역을 맡았던 정은지 씨의 사투리 연기가 실제 인물인 듯 자연스럽다고 생각했는데, 알고 보니 고향이 부산이었다. 그런데 성시원 캐릭터 같은 딸 있으면 제명에 못 죽을 듯.

"쌔려라 박건우 쌔려라 박건우,
안타 박건우 어이 어이 박건우!"
"오오오 NC다이노스 오영수
쌔려라 쌔려 안타!"

권영란, 「사투리는 서럽다」

『한겨레』2023년 10월 8일 자

야구는 물론 대체로 스포츠에 관심이 없다 보니 시합 현장에서 직접 관람한다는 설렘이나 기대 따위는 내게 없었다. 그런데 이럴 수가? 어쩌다 야구장에서 내가 고래고래 소리를 지르고 있었다. 창원 NC파크에서 열린 NC다이노스와 기아타이거즈 경기였다. 팀 응원가와 선수들의 등장곡이 각각 달라 그때마다 전광판에 가사가 나오는데 관중이 일제히 합창하며 함성을 쏟아 냈다. 장내를 뒤흔드는 소리와 분위기에 정신이 아찔한데 NC다이노스의 응원가 중 단박에 뇌리에 꽂히는 것이 있었다.

"쌔리라 박건우 쌔리라 박건우, 안타 박건우 어이 어이 박건우!"

"오오오 NC다이노스 오영수 쌔리라 쌔려 안타!"

"쌔리라 쌔려"라니. 처음으로 '직관'한 프로야구이다 보니 모든 게 흥미로운데 응원가는 더 흥미로웠다. 쌔리다는 때리라는 뜻이다. 주로 갈등이나 충돌이 일어났을 때 참지 못하고 하는 말이 "확 쌔리뻴라"이다. 여기서는 '(방망이로) 때려'를 의미했다. NC다이노스 누리집에서 선수 등장 응원가를 살펴보면 쌔리다가 타자에게 안타나 홈런을 치라는 주문이고 응원임을 알 수 있다. 경기가 끝날 때까지 "쌔리라 쌔려"는 무한 반복해서 쏟아졌고 기아타이거즈 투수가 1루 견제구를 여러 번 던지자 "쫌!" "쫌!" 구호가 터졌다.

전라도 사투리 '거시기', 충청도 사투리 '뭐여'와 함께 3대 마법의 사투리로 꼽히는 경상도 사투리가 '쫌'이다. 간절할 때, 부탁할 때, 화났을 때, 놀랐을 때, 짜증 날 때, 슬플 때…… 경상도에서 어떤 경우에도 다 쓸 수 있다. 경기 중 시민들은 실책에 야유할 때도, 성공이 간절한 마음일 때도 억양을 달리하며 마법의 사투리를 외쳤다. "쪼-ㅁ" "쫌!!!"

"아까부터 이 앞 칸에 들어앉아
있는 문디 가시나는 누고?
누길래 아까부터….”

성석제, 「휴게소에서 생긴 일」『꾸들꾸들
물고기 씨, 어딜 가시나』(한겨레출판, 2015)

말이라는 건 참 얄궂다. 사전적 의미만으로 읽히지 않는다. 어떤 상황, 어떤 표정, 어떤 말투에 따라 욕이 될 수도 있고 아주 친밀하고 다정한 표현이 되기도 한다. 특히나 뉘앙스라는 게 그렇다. 화자의 의도와 달리 듣는 대상의 심리가 작용한다.

'문디 가시나'가 그렇다. 문디는 경상도에서 엄청난 욕이다. 예전에는 한센병(나병) 환자를 문둥이라 했고 그걸 또 경상도에서는 문디라고 했다. 지금은 한센병 발병이 아주 드물고, 감염되더라도 치료가 가능한 질환이라 젊은 세대는 문둥병이라는 말조차도 모를 것 같다(그러니 '문디'를 어찌 알까). '야 이 문디야'는 악다구니를 칠 때도 사용됐다.

가시나, 가스나는 결혼하지 않은 어린 여성을 낮잡아 이르는 '계집아이'의 경상도 말이다. 지금 50대 이상의 경상도 딸들은 거의 '가스나'로 자랐다. "야잇, 가시나야" "가시나가 믄다꼬?" 하는 소리를 예사로 듣고 말했다. 문디와 가스나는 둘 다 비하하고 업신여기는 말이다. 경상도에서는 이 둘이 착 달라붙어 사용됐다.

그런데 희한하게도, '문디 가시나'는 서로 호감 어린 관계에서 친밀감을 적극 표현할 때도 사용된다. 웃음을 띠고 혹은 잔뜩 애교 섞인 표정으로 "문디 가시나"라고 던졌을 때 상대방이 무장해제를 한 듯 웃어 댄다면 서로 '통'한 것이다.

한마디로 잘 가려서 사용해야 한다. 분명 같은 말인데, 어느 장소에서 누구에게 어떤 말투와 표정으로 하는가에 따라 욕이 되기도 하고 친밀감의 표시가 되기도 한다.

고추씨 사서
뽀더에 키우고
(……)
영감하고
자식처넘 키었다
돈이 허러서 파이다

칠곡 할머니들, 「고추농사」『시가 뭐고?』

(삶창, 2015)

단정 지을 수 없지만 대체로 사투리는 지역을 막론하고 1950년 이전 출생한, 정규 교육의 기회가 부족했던 여성 노인의 입말에 가장 많이 남아 있다. 할매들 시를 읽으면 요즘 아이들은 우리말인데도 외국어보다 더 어렵다고 말한다. 할매 얘기를 들으면 무슨 이야기인지도 모르면서 아이들은 그냥 알아들은 척을 한다. 서로 살아온 세월이 다르고 사는 데가 다르고 먹고 자고 싸는 게 달라 그렇다.

칠곡 장병학 할매는 "고추금이 싸다. 고추씨 사서 포터(모종판)에 키우고 약 치고 물 주고 따고 말리고 영감하고 자식처럼 키웠다. 돈이 허래서(값이 싸서) 안 좋다"며 하소연한다. 이분기 할매는 "봄 콩 심었다. 집에 와서 이불 빨래 했다. 밭에 가서 도라지밭 쪼았다. 도라지씨를 뿌렸다. 머리 염색도 했다. 오늘 매우 바빴다"고 썼다. 할매들 입말 그대로 적은 시에는 할매들 목소리가 들리는 것 같다.

이오덕 선생이 엮은 『우리도 크면 농사꾼이 되겠지』(아리랑나라, 2005)에는 당시 안동 지역 농촌 어린이들의 글이 실려 있다. 칠곡 할매들처럼 365일 논밭이나 집에서 일하면서 쓰는 말이 그대로다. 3학년 김원탁은 「고추 심기」에서 "아버지가 고추 모둘리라고(죽은 데 심으라고) 하였습니다. 한참 모둘리다가 모둘리기가 싫었습니다. 그러나 다 모둘리고 나서 집으로 오면서 나비를 히아리면서(세면서) 왔습니다. 노랑나비 흰나비 모두 열 마리가 날아다녔습니다"라고 썼다. 하기 싫은 고추 심기를 다 끝내고 집으로 가는 맘이 훨훨 날아다니는 나비만큼 홀가분했나 보다. 원탁이는 지금쯤 50대 후반이 되었겠다. 경상북도의 안동과 칠곡은 서로 1시간 걸리는 거리에 있다. 같은 시대, 같은 지역에서 먹고 일하는 노인과 어린이의 삶이 닮아 있고 말이 닮아 있다.

나는 정구지를 갖다주시겠다는
김분춘 님의 말도 알아듣지
못했다. (……) 신문지에 싼
부추를 받고서야 정구지가
부추임을 알았다. 그냥 오셔도
쉽지 않은데 김분춘 님은 여러 번
정구지를 갖다주셨다.

이상우, 『마음병에는 책을 지어드려요』

(남해의봄날, 2022)

"희한하데이. 그 집 각시가 정구지가 믄 줄 모르더만."

단성띠기 아지매가 혀를 차더니 좀전에 있었던 일이라며 자초지종을 늘어놓았다. 마을에 새로 이사 온 젊은 부부가 있다. 아지매가 밭매다가 얼핏 보니 그 집 아이랑 엄마가 지나갔다. 제 엄마가 인사를 하니 아이도 따라 인사를 하는데 아이가 귀한 동네여선지 하도 예뻐 뭐라도 주고 싶더란다.

"각시, 집에 정구지 있으까? 쪼매 주까요? 요새 정구지가 참말 좋구만"이라며 말을 건넸더니 애 엄마가 눈이 동그래지면서 쳐다보더란다. 아지매는 다시 "정구지 말이다, 정구지. 너그는 사 묵을 건디"라고 소리쳤다. 그래도 못 알아듣는 듯해 아지매가 '아이고, 고마 막살나라(그만둬라)' 하는 심정이 되더란다.

갑갑함을 삭이며 "각시야, 요 밭에 함 들어와 보소" 하며 불러들이니 애 엄마가 아이랑 같이 고랑을 따라 조심스레 들어왔다. 아지매는 너풀너풀 올라오는 정구지를 한 줌 잘라 "보들보들해서 맨 걸로 먹어도 딱 좋구만. 집에 있소?"라며 눈앞에 들이밀었다. 그네는 처음에는 무슨 말인지 잘 모르겠다는 표정이다가 금세 웃으며 말했다.

"아주머니, 부추가 정구지예요?"

"하, 이기 요서는 정구지라 쿤다. 소풀이라 카기도 허고."

아지매는 정구지 아랫부분은 남겨 두고 삭삭 잘라 납작하고 붉은 대야에 담아 주었다. "조선간장 쪼매, 참지름 쪼매, 고치가리 쪼매 살살 간을 해서 고마 무면 좋다"며 어떻게 먹는지도 신신당부했다나. 겨울나고 언 땅을 뚫고 올라오는 첫물 정구지는 기운을 돋우는 봄나물 중 최고로 친다. 경상도에는 '첫물 정구지는 사우(사위)한테도 안 준다칸다'는 말이 있다. 그럼 이리 귀한 걸 백년손님 사위 말고 누구한테 줬을까, 하하.

벼는 농부 발소리 듣고 크는
기라. 그마이● 부지런해야 댄다.

김규정,『밀양 큰할매』(철수와영희, 2015)

박 선생네는 오래전에 의령 골짝으로 귀촌했다. 처음 들어갔을 때는 버섯재배 농사를 크게 했지만 지금은 소소하게 식구들 먹을 과실수 몇 그루와 텃밭 농사를 하고 있다. 얘기를 들어 보니 텃밭 치고는 농사 가짓수가 제법 많고 그 양도 제법 되는 것 같다.

몇 년 전에는 시골집에서 성장기를 보낸 아들딸이 연달아 시집·장가를 갔다. 박 선생네가 모두 밝고 사려 깊어선지 아들딸은 물론이고 새로 맞이한 사위와 며느리도 명랑 쾌활해 보였다. 어느새 식구가 늘어 손자, 손녀가 태어났고 벌써 걸음마를 하고 어린이집을 다니는데 주말이면 박 선생네가 시끌벅적해진다. 봄·여름·가을·겨울 할 것 없이 주말이면 아들네, 딸네가 어린 손주들을 데리고 오니 그렇다.

아이는 갓 태어나서부터 예닐곱 살 될 때까지 온통 돌봄이다. 더욱이 요즘은 아이를 데리고 마땅히 갈 만한 곳이 없다. 노키즈 존이 아니더라도 식당이든 카페든 편치가 않다. 육아 초보인 엄마, 아빠가 아이 돌봄에 얼마나 쩔쩔맬지는 안 봐도 눈에 선하다. 그러니 주말에 어른들 집에 들르면 초보 부모의 육아 노동은 '그마이' 덜어진다. 온 집안의 웃음소리는 '그마이' 훨씬 커질 것이다.

아이는 온 마을이 키우고 벼는 농부 발소리를 들으며 큰다고 했다. 망종 무렵 모내기를 마친 무논에는 어린 모가 안간힘을 쓰고 있다. 농부는 날마다 논에 나가 물꼬를 열어 주고 땅을 골라 주고 어린모를 어르고 달랜다. 벼보다 훌쩍 자란 피를 뽑고, 백로 지나 들이닥친 태풍에 쓰러진 벼를 일으켜 세워 묶는다. 논에 나가 살피는 만큼 낟알이 차고 여문다. 한로 지나면 온 마을은 타작마당이다.

ㆍ 아이나 벼나 '그마이' 돌봐야 잘 자란다.

● 그만큼.

난 꼭 그 자리에 오르고 말 거야.
만다꼬?
우리 회사를 세계 1위 회사로
만듭시다!
만다꼬?

김하나, 『말하기를 말하기』(콜라주, 2020)

시골 경로당에 찾아가 어르신들께 농한기인 여름철에 경로당에 모여서 같이 놀자고 제안했다. 프로그램 제목이 '산청할매시인학교'였는데 나는 사실 할매들의 입말을 들을 기회라 더 기대에 부풀었다. 할매들의 삶을 입말로 생생하게 듣고 싶었다. 그 어떤 시인보다 더 많은 시를 품고 있을 할매들 속을 싹싹 긁어 한 톨도 남김없이 받아 적고 싶었다.

그런데 "엄니 살아온 이야기도 들려주고, 친정은 오덴지, 우짜다가 여로 시집왔는지…… 이야기 할 게 마이 있다아입니꺼?" 하며 건넨 말에 끔벅끔벅 쳐다만 보신다. 이걸 어떡하나, 다시 입을 떼려는 순간 제일 구석에서 느릿느릿 들려오는 한마디.

"아야, 만다꼬 그리 할끼고?"

만다꼬? 순간 당황했지만 만다꼬를 여기서 듣다니 그 와중에 반가웠다. '뭐 하러 그렇게 할 거냐?'라는 의미다. '만다꼬'는 공감하고 수용하는 말이 아니다. 나의 행위나 의미를 단숨에 무용한 것으로 만들고 만다. 까딱하다간 상대와 싸우기 딱 좋은 말이기도 하다.

그런데 이즈음 내 행위에 문득문득 만다꼬라는 물음을 단다. 고열에 시달리면서도 쌔빠지게 일하고 있을 때, 관계가 어긋나 자책감에 빠져 허우적대고 있을 때, 정신없이 이 일 저 일을 기웃댈 때, 문득 만다꼬? 한마디 떠올리면 모든 게 가벼워진다. 만다꼬는 모든 핑계가 되어 준다. 어떤 합리적인 근거보다 더 빨리 더 힘 있게 탈탈 털어 버릴 수 있게 한다. 느닷없이, 벼락처럼 깨달음을 얻은 사람 모양.

아, 산청할매시인학교는 다행히 할매들의 큰 지지를 받고 끝났다. 마을회관에서 마지막 수업을 할 무렵엔 "아즉 공책 마이 남았다"며 아쉬워하는 말을 들었다.

"도망가다가 잡히면 죽지
않습니까?"
"하모 죽지. 내가 다 알아보고
도망을 친 기라…"

박진욱, 『남해 유배지 답사기』(알마, 2015)

"거는 별일 없지예?"

"하모, 집에는 괘안나예?"

몇 년 동안 코로나가 닥쳤을 때 동네 할매들이 주고받던 인사말이다. 시도 때도 없이 "밥 뭇나예?" 하고 묻던 오래된 인사말이 바뀐 것이다. 난리도 이런 난리가 없고, 6·25 전쟁은 난리도 아니었다며 마스크 쓰고 멀찌감치 서서 밤새 안녕을 묻던 할매들.

'하모'는 '그럼' '아무렴' '맞다'로 쓰이는 말이다. 앞 사람의 이야기에 공감하거나 찬성할 때 쓰는 경남 말이다. 진주 사람들은 '하모'를 진주에서만 쓰는 진주말이라고 하는데, 부산이나 남해 등에서도 '하모', '하모예' 하는 식으로 쓰이고 있다.

내 작업실이 있던 진주시 망경동은 오래된 동네라 고령자 주민이 많았다. 작업실 건물 옆 공터는 할매들의 아지트였는데, 볕 좋고 바람 잘 통하는 곳이라며 한여름 대낮만 아니면 사시사철 옹기종기 모여들었다. 딸네가, 아들이 가져왔다며 먹거리 하나씩 들고 와 온종일 드나들었다. 코로나가 돌자 골목은 적막강산이었다.

긴 팬데믹 기간을 보내고 드디어 차츰차츰 할매들이 다시, 공터로 모여들 무렵, 2층 계단참 의자에 앉아 오랜만에 할매들 수다를 엿듣고 있으니 '하모, 이 맛이지' 싶었다.

"저짜 남강에 떠 있는 기 머꼬? 와, 고양이맹키로 큰 거 안 있나예."

"그기 수달이라는 긴데 이름이 하모라 쿠데."

"쟈 이름이 하모라요?"

"하모, 우리가 하모칼 때 하모."

진양호와 남강에 서식하는 천연기념물 수달을 진주시 관광 홍보대사 캐릭터로 만들었는데 그 이름이 '하모'다.   67

산복도로는 경상도 방언으로
까꼬막●이라 부르기도 하는데,
가파른 산비탈 길을 뜻하는
말이다. 까꼬막이란 단어가
가장 잘 어울리는 지역이 바로
수정동이다.

전성호 외, 『포비든 앨리』(바림, 2022)

부산 전포동. 까꼬막 위에서 내려가다가 허리가 ㄱ자로 굽은 할매가 올라오는 것을 봤다. 할매는 허리가 반으로 접혀 사지로 기다시피 비탈을 올라왔다. 경사도가 45도는 되는 것 같아 지금까지 내가 보았던 까꼬막과는 비교도 안 되었다.

까꼬막, 까꾸막, 깔꼬막…… 동네 따라 사람 따라 이리 쓰든 저리 쓰든 잘못 말했다는 사람 없고, 경상도에서는 웬만해서는 다 알아듣는다. 전포동에서는 까꼬막을 달리 '만디'라고도 하고, 무지하게 가파른 까꼬막은 '땐땐만디'라 했다. 낯설고 재미있는 말이다.

사실, 내가 까꼬막을 알게 된 건 어른이 되고도 한참 지나서다. 지형이 평평한 소도시 다운타운키드로 살아와서 그럴까, 분명 들었을 법한데 당최 생소했다. 처음 들은 건 남강 주변 마을과 사람을 취재하고 다닐 무렵이었다. 바느실고개 어르신들이 "그때는 저 깔꼬막이 우찌나 심허든지. 지금이사 길이 닦이면서 차가 쑹쑹 댕기라고 쪼매 낮차 놓은 기제"라고 하셨다.

희한한 건, 그렇게 한 번 들은 뒤로는 자주 들렸다. 함양 덕유산 골짝에서도, 산청 지리산 아래 덕산마을에서…… 자주 듣다 보니 한번 써먹고 싶었다. 동네 도서관에서 골목 답사팀을 꾸려 함께 나선 길, 적절한 때를 노려 툭 뱉었다. "여기 봉래동은 비봉산 자락이라 그런지 까꼬막이라 걷기가 힘드네예."

"하하, 까꼬막이라 오랜만에 듣는 말이라예. 우리 동네는 까꼬막이 없습니더." 40대 여성이 호들갑을 떨자 옆에 있던 70대 초반의 여성이 우아하게 말했다. "세사 올 일이 없는 동네 온께네 잊아삐고 있던 말을 다 듣네예. 깔꼬막을 이리 항꾸네(함께) 갈 때는 뒷사람이 앞사람을 쪼매씩 밀어주모는 심이(힘이) 덜 들지예."

● 가풀막, 몹시 가파르게 비탈진 곳.

세장딴을 아나?
시장 진짜비기들은 다 알제

권영란, 『시장으로 여행가자』

(피플파워, 2014)

난생처음 듣는 말이었다. 2012년 하동시장을 취재할 때 생선 골목에 전을 펼친 횡천띠기(횡천댁) 할매한테 '세장딴'이라는 말을 들었다. "예? 므라꼬예?" 하며 거듭 확인해야 했다. 수십 년을 한 자리에서 생선을 팔았다는 할매는 시장 난전에서 쓰는 말이라 했다. "몇 날 며칠 자리를 비우면 자리 주인이 바뀔 수 있다 아이가. 맨날 내 자리였는데 몇 번 빠지몬 고마 내 자리가 없어진다아이가. 그래서 한 달 정도 비우면 난전 상인들은 옆 사람들한테 자리를 맡겨 두고 간다아이가. 임자 있는 진짜비기 자리니 확실하게 지키라는 게지."

난전 자리는 일찍 와서 차지하는 사람이 임자인 것 같지만 오랜 세월 지나면서 자리 주인이 자연스레 매겨졌다. 세장딴은 난전 상인들이 자기 생계, 삶터이자 일터를 지키는 방법이었다. 어떤 말에서 유래됐는지 당최 알 수는 없었다. 그 후에도 하동시장 외 다른 지역에서는 들어 보지 못했다.

횡천띠기 할매의 말처럼 '진짜비기 내 자리'가 세장딴이다. 진짜비기는 '진짜'의 사투리이다. 경상도에서는 '애나'만큼 과장 또는 강조할 때 주로 사용한다. 사전에서는 '진짜배기'라 표기하고 "진짜를 속되게 이른 말"이라 하는데 경상도에서는 딱히 구분하지 않고 진짜배기, 진짜비기 둘 다 일상적으로 쓰고 있다.

그리고 뒷이야기. 내가 다시 하동시장에 들린 건 몇 년이 훌쩍 지나서였다. 시장 주변은 몰라보게 달라져 있었다. 겨우 생선 전을 찾아가니 횡천띠기 할매 자리에 다른 아지매가 장사를 하고 있었다. 할매를 찾으니 "아이고 그 할매 요양원에 갔다아이가"라고 소식을 전했다. 누군가 자리를 맡아 줘도 할매는 돌아오지 못한다. "비키라. 여는 내 세장딴아이가"라고 기세등등하게 등장할 횡천띠기 할매는 없다.

빼떼기죽은 구수하고 든든해
한 끼 식사로도 손색이 없다.
빼떼기죽 한 숟가락에 푹 익은
고구마줄기 김치를 올려 먹으면
조합이 딱 어울린다.

이상희, 『통영백미』(남해의봄날, 2020)

지금도 그곳에서는 고구마를 지붕 위에다 널어놓을까. 아주 오래 전 처음으로 욕지도에 갔을 때였다. 남쪽 도시 통영에 닿아 배를 타고 한참을 가서 작은 선착장에 내렸다. 섬을 다녀 본 적이 없는 내게는 참으로 낯설었다. 일행을 따라 마을 고샅길을 걷는데 낮은 지붕마다 온통 고구마가 널려 있었다. 신기하고 놀라웠다. 통영 욕지도는 고구마가 주 작물이었다. 10월 말이면 온 마을이 고구마를 캐서 밤이면 집집마다 온 가족이 둘러앉아 고구마를 썰고 아침이면 지붕 위에 올라 잔뜩 널어놓았다. 그러고는 한 번씩 지붕에 올라 뒤적이며 말렸다. 바람과 햇볕에 꾸덕꾸덕 마른 고구마, 즉 빼떼기는 한겨울 내내 섬사람들의 양식이 되고 돈이 됐다. 그날 식당에서 빼떼기죽을 먹었고 집으로 돌아오는 내 손에는 빼떼기 한 봉지가 들려 있었다.

경남에서는 빼떼기가 주식으로 쓰일 때가 많았다. 배곯던 시절 고구마는 구황작물이다. 고구마를 오래 보관해서 먹으려 씻어서 납작납작 썰어 채반에 받쳐 마당에서 말린다. 여기에 콩이나 팥 등 잡곡을 넣어 뭉근하게 죽을 끓여 먹었다. 이걸 빼떼기죽이라 했다. 아주 어렸을 때 어머니가 끓여 주던 빼떼기죽이 생각난다. 내 눈에는 그저 시커먼 덩어리가 씹히는 죽이었다. 깨작깨작 몇 숟가락 먹었을까. 어른이 되고 나서야 빼떼기죽의 진미를 어렴풋이 알게 되었으니 빼떼기죽은 어른의 맛인가 보다.

요즘 통영은 남해 바다 관광 일번지로 손꼽힌다. 그래서인지 옛 문화나 전통을 구현해 낸 먹거리를 상품화하고 있다. 빼떼기죽이 그중 하나로 여행객의 먹거리가 되고 있단다. 차가운 바닷바람이 이는 통영 항구 앞 허름한 식당에 앉아 빼떼기죽 한 그릇 먹고 싶다. 김이 서린 안경알을 닦아 가며……

우러 고장에서는
오빠를
오라베라 했다.
그 무뚝뚝하고 왁살스런
악센트로
오오라베 부르면
나는
앞이 칵 막히도록 좋았다.

박목월, 「사투리」(1959)

누이가 손위 남자 형제에게 쓰는 '오라베'라는 말도 이제 사라진 말이나 다름없다. 오라베는 어린 시절 할머니 세대에서 흔히 쓰는 말이었다. 오라버니나 오라비도 그렇다. 하지만 이제는 옛 시인의 작품이나 '기생 오라비' 같은 관용어로 쓰이는 경우가 아니라면 입에 올릴 일이 거의 없다. 오라비는 적어도 15세기 이전부터 쓰였고 1481년에 나온 『두시언해』에도 실려 있다. 수백 년, 그 이상 생명력을 잃지 않는 말들은 일상에서 자주 쓰인 경우가 많다. 가족을 칭하거나 자주 먹는 음식 이름, 몸 가까이 두고 쓰는 물건을 가리키는 말들은 쉽게 바뀌지 않는다. 아버지나 어머니, 오라비나 누이, 밥이나 국, 치마와 바지처럼 쓰임이 오래된 말들이다. 하지만 아무리 오랜 세월 입에 올린 말이라도 언젠가 쓰임이 줄면 자연스레 대체되거나 사라지기 마련이다.

정지용은 『문장』(18호, 1940년 9월)에서 "북에는 소월이 있었거니 남에는 박목월이가 날 만하다"라고 박목월의 시를 높이 평가했다. 그가 「가을 어스름」과 「연륜」이라는 작품을 투고하고 받은 평이었다. 경남 고성에서 태어나 경북 경주, 대구에서 청년 시절을 보낸 그는 고향의 풍경과 서정을 담은 작품을 많이 발표했다. 「사투리」도 그런 작품이다. 이 시에서 그는 경상도 사투리를 이렇게 표현했다.

참말로
경상도 사투리에는
약간 풀 냄새가 난다.
약간 이슬 냄새가 난다.
그리고 입안이 마르는
황토 흙 타는 냄새가 난다.

산만대이● 동네
열두 집 공동변소가 있는
골목쟁이 모터,
구멍 숭숭한 담빼락에 쪼글시고
앉아
말가이 고이는 거싯물 뱉아내곤
했어예

김수우, 「햇빛받이」 『몰락경전』

(실천문학사, 2016)

"엄니, 거싯물이라고 들어 봤어예. 이런 말이 있나예?"

"나도 모리것는데. 꾸중물 말이가."

"꾸중물보다는 좀 깨끗한 느낌이고, 그릇 씻는 개숫물 있다 아입니꺼."

"개숫물이라고 안 하고, 그냥 설거지물이라고 안 하나?"

다 같은 경상도 말을 쓰는 줄 알지만 경상도 말도 경상북도, 경상남도, 내륙, 해안 등 여러 지역마다 차이가 있다. 성조, 어미, 발음의 미묘한 차이도 존재한다. 서울에서 멀어질수록 성조가 강하고, '쌍시옷'도 경북 지역에선 부드럽게 '시옷'으로 발음하지만 경남으로 내려올수록 강하게 '쌍시옷'을 내뱉는다. 지역마다 '~소, ~예, ~더' 등 종결어미가 조금씩 다르기도 하다.

김수우 시인의 시를 읽다 '거싯물'이 무슨 말인가 한참 생각했다. 진주 지역에선 들어 보지 못한 말이었기 때문이다. 이리저리 찾아보고서야 '개숫물'의 방언이란 사실을 알았다. 혹시나 어머니께 평소 쓰는 말인지 궁금해서 여쭈었다. 어머니도 모른다고 하셨다. 그냥 '설거지물'이라고 하지 '거싯물'은 처음 들어 보는 단어라고 하셨다.

사투리의 원형을 보존하기 위해 노력해야 하는 이유는 지역 문화의 정체성과 언어의 다양성을 지키는 일이기 때문이다. 살아 있는 어휘가 많을수록 우리는 말의 풍요로움을 누릴 수 있다. 하지만 현실은 그렇지 않다. 사투리는 점점 서울말과 닮아가고 사라지고 야위어가고 있다. 사투리가 사라지며 숭숭 뚫린 구멍을 외래어와 외국어가 메운다. 예전엔 입에 자주 올렸던 말들도 이제는 쉬이 듣기 힘든 경우가 많다.

너 그쿠이 내 그쿠지 너
안 그쿠면 내 그쿠나.

tvN 『알쓸신잡2』 2018년 11월 2일 방송

진주 가는 기차 안에서 유시민 작가가 '해석이 필요한' 진주 사투리를 알려 준다. 모두 외계어인지 외국말인지 고개를 갸우뚱하는데 김진애 전 국회의원이 정확한 뜻을 풀어 준다. "니가 그러니까 내가 그러는 거지, 니가 안 그러면 내가 그럴 리가 있냐."

김진애 전 의원이 이 말을 이해할 수 있었던 건 남편의 고향이 진주였기 때문이다. 사실 토박이가 아니면 무슨 뜻인지 짐작조차 힘든 사투리다. 진주가 고향이라 해도 젊은 세대는 거의 들어 보지 못했을 것이다. 실제로 이런 말이 나올 상황이라면 "니와 그라노?" 하고 짧게 끝내는 쪽이 더 많을 듯싶다. 진주 사투리의 난해함을 알려 주기 위한 에피소드였으나 왠지 철 지난 맛이다. 진주 사람들이 자주 입에 올리지만 다른 지역 사람들이 알아듣기 힘든 사투리는 뭐가 있을까?

"니 오늘 와 이리 쑥쑥하이 씽내이 걌노. 씻고 댕기나?"
"머라카네. 에나로 뽄 좀 지기고 나왔그만."

유튜브 채널 『진주특별시』에서 「진주 사람만 아는 특이한 사투리 알고 있나?」 편에 나오는 단어들을 조합해서 문장을 만들어 봤다. 씽내이는 스라소니, 살쾡이를 일컫는다. 주로 씻지 않아 냄새나고 지저분한 사람을 두고 "씽내이 같다"라고 한다. 위 문장을 해석해 보자.

"너 오늘 왜 그렇게 지저분하니 꾀죄죄한 얼굴이니. 씻고 다니는 거야?"
"뭐라는 거야. 진짜 멋 좀 내고 나왔거든."

조

조뎅이에서 나오는 말뽄새가
그기 뭐꼬.

『한려투데이』 2021년 12월 22일 자

가는 말이 고와야 오는 말도 곱다. 대화를 시작할 때 태도가 중요한 이유다. 첫마디를 부드럽고 듣기 좋게 시작하면 되돌아오는 말도 당연히 사근사근할 테다. 거칠고 험한 말로 시작한다면 굳이 그럴 일이 아니어도 싸움으로 번질 수 있다. 말뽄새(말본새)가 어여쁘면 심각한 상황이 오더라도 다툼으로 이어질 일은 없다. 경상도 사투리는 억세다는 '편견'이 있기 때문에 특히 처음 보는 상대방과 말할 때 주의가 필요하다. 평소처럼 이야기를 꺼냈다가는 '이 사람 나랑 다투자는 건가' '지금 내게 화내는 건가' 오해가 생길 수도 있다. 토박이에겐 일상 언어인데도 외지인은 우악스럽다고 느낄 때가 있는 것도 사실이니까. 하지만 이것도 남성이냐 여성이냐, 어른이냐 아이냐에 따라서 다르다.

일명 '찍지마라 자매'로 유명한 경상도 자매의 말다툼 영상을 어머니께 보여드렸더니 "아이고 고것들 조딩이가 어찌 그리 야무노" 하셨다. 공중파까지 소개되며 전 국민이 지켜보았던 이 말다툼은 경상도 사투리가 얼마나 딱 부러지게 따지듯 들리는지 보여 주는 훌륭한 예다. 언니에 맞서다 문득 옆에서 영상을 찍던 어른에게 "찍지 마라!" 소리치던 모습이 얼마나 귀여웠는지. 주둥이의 사투리 표현인 '조딩이'는 주로 '주디'나 '조디'라고도 한다.

영상을 보면 빠르고 강한 억양으로 바로 끝낼 말도 한 번 더 따지고 들어간다. "그렇다"가 아니라 "그렇다아이가"로 끝내는 식이다. 이게 권투로 치면 스트레이트를 날리고 잽을 한 번 더 날리는 것과 같다. 된소리되기가 심한 것도 경상도 말의 특징 중 하나다. '뭐고'로 끝낼 말도 '뭐꼬'로 어퍼컷을 올린다. "입에서 나오는 말본새가 그게 뭐고"와 "조딩이에서 나오는 말뽄새가 그기 뭐꼬"를 비교하며 따라서 읽어 보자. 굳이 지역의 억양을 살리지 않더라도 뒷문장이 더 거칠고 강하다.

내가 임마, 서장이랑 임마,
어저께도 어~ 같이 밥 묵고 어~
사우나도 같이 가고 어~.

영화 『범죄와의 전쟁』(2012)에서.

"어↗, 어↗" 말끝에 올려붙이는 저 "어"는 허세의 추임새다. 내뱉는 말의 처음에 붙이느냐 마지막에 붙이느냐에 따라 뉘앙스가 다르다. 처음에 붙이는 "어"는 확인의 추임새에 가깝다. 예를 들면 "어~, 내 말 잘 알겠나"에 쓰일 때 자연스럽다. 뒤에 오면 확인과 허세가 결합되어 당신이 내가 뱉은 말을 듣고 알아서 처신해 주길 바라는 마음이 강하게 담겨 있다. 영화 『범죄와의 전쟁』의 등장인물처럼 주로 허세와 권위 의식에 물든 남성이 많이 쓰는 화법이다. "어↗" 할 때 경상도 특유의 억양에다 배에 힘을 실어서 내뱉어야 상대를 확실히 제압할 수 있다. 목소리를 높일수록 상대를 짓누를 수 있다고 생각하는 사람들이 주로 쓰는 말하기다. 오히려 조용하고 낮은 목소리로 천천히 말하는 쪽이 상대방에게 신뢰를 주기 쉽다. 감정을 절제하며 단정한 목소리와 자세로 자기 생각을 명료하게 전달하는 사람을 마주하면 나도 모르게 자세를 고치고 경청하게 된다.

　　말하는 법은 어머니의 뱃속에 있을 때부터 배우기 시작하기 때문에 일찍 습(習)으로 굳어지는 듯하다. 그래서 몸에 밴 화법은 좀처럼 고치기 힘들다. 목소리의 톤과 색도 가지고 태어나는 것이라 어지간히 훈련하지 않으면 원하는 대로 바꿀 수 없다. 목소리와 말하기는 예술가의 타고난 재능과 비슷한 면이 많다. 우리의 학교 교육이 듣고 말하기보다 읽고 쓰기에 치우쳐 있어 안타까운 마음이 크다. 사람이 살아가는 데 읽고 쓰기보다 듣고 말하기가 훨씬 더 큰 비중을 차지한다. 상대의 이야기에 귀 기울여 공감하고 말하는 법을 학교에서 읽고 쓰기만큼 가르친다면 다툼이나 갈등이 훨씬 줄어들지 않을까.

(조)

곽, 마! 궁디 주 차뿌까.

MBC경남 『사투리의 눈물』,
2012년 1월 25일 방영.

국립국어원이 2020년 발표한 '국민의 언어 의식 조사'에 따르면 평소 가장 많이 사용하는 말은 표준어(56.7퍼센트)로 지역 방언(43.3퍼센트)에 비해 높게 나타났다. 2010년엔 표준어를 사용한다고 답한 사람이 38.6퍼센트였으니 표준어 사용 비율이 급격히 증가한 셈이다. 서울, 인천, 경기 지역의 인구가 우리나라 전체 인구 중 거의 절반인 2,600만 명으로 수도권 인구의 비중이 커진 만큼 표준어 사용 인구는 늘고 방언을 쓰는 인구는 줄 수밖에 없다.

2012년 1월 MBC경남은 다큐멘터리『사투리의 눈물』을 방영했다. MC메타가 랩으로 내레이션을 맡아 표준어에 밀려 사라져 가는 경상도 사투리의 처지와 현실을 알렸다. MC메타와 DJ렉스는 2011년「무까끼하이」라는 곡을 발표했다가 지상파 방송에서 방송금지처분을 받았다. '무까끼하이'는 대구 지역에서 주로 쓰는 말로 '무식하게' '무뚝뚝하게' '융통성 없이'라는 뜻인데, 단지 일본어처럼 들린다는 이유로 방송심의위원회에서 방송 불가 판정을 내린 것이다. 어이없다. 일본어도 아니고 일본어처럼 들린다고 엄연히 우리말로 지은 노래를 방송으로 내보낼 수 없게 하다니.

반전이 있다. 비록 방송심의위원회의 심의는 통과하지 못했지만 이 노래는 결국 대중의 선택을 받는다. '대중음악 평론가 20인이 뽑은 올해의 노래' 4위에 오르고 '제9회 한국 대중 음악상 최우수 랩&힙합 노래' 후보에도 올라 대중의 많은 지지와 찬사를 받았다. "외래어와 외계어에 가까운 단어들이 판을 치는 한국 대중음악 시장에 순수 한국말의 전통을 지키면서 지방 방언의 특수성을 가미한 의미 있는 노래"라는 평을 받았다. 대중이 선택한 말은 강제로 금지한다고 죽지 않는다.

"수백만 또 수백만이 넘는 별이사
차고 넘치지만도 그 속에 딱
한 송이밖에 없는 꽃을 누가
사랑하모, 가는 별을 보는
걸로도 행복할끼라. '저 하늘
어딘가에 너 꽃이 있네⋯⋯'
이라믄서 혼자 이바구●하겠제.
근데 양이 그 꽃을 묵아뿌면●●
우에 되겠노. 가는 그 모든 별이
확 다 꺼져가 껌껌해질끼라!
그래도 이게 안 중요하나!"

앙투안 드 생텍쥐페리, 최현애 옮김,

『애린 왕자』(이팝, 2021)

『어린 왕자』를 '갱상도 말'로 옮기겠다는 생각을 어떻게 했을까. 이 책을 읽는 내내 유쾌했다. 포항 태생(번역자인 최현애 이팝출판사 대표의 고향)의 어린 왕자는 도저히 상상할 수 없었지만 경상도 말을 읽는 재미는 어떤 작품보다 한가득 녹아 있었다. 첫 페이지부터 마지막 페이지까지 경상도 말로 쓰인 문학 작품이 얼마나 될까. 지역에 뿌리를 내리고 이런 시도를 하는 출판사들이 많이 늘면 좋겠다. 하지만 독자를 찾기가 어려우니 바란다고 될 수 있는 일이 아니란 걸 안다.

이 책의 원고를 쓰면서도 인용할 문장 찾기가 너무나 힘겨웠다. 쉽게 찾을 수 있을 거란 예상이 보기 좋게 빗나갔다. 박경리, 이문열, 박목월…… 이미 많이 알려진 작가의 유명 작품을 제외하면 경상도 말로 된 문장을 찾는 것은 운이 필요했다. 책날개에 실린 작가의 고향부터 확인하는 일이 습관이 되었다. 당연한 일이겠지만 작가의 고향이 경상도라고 해서 작품 속에 사투리가 등장하는 경우는 드무니 머리를 싸매야 했다.

고향에서 1인 출판사를 운영하며 경상도 말과 전라도 말로 『어린 왕자』를 번역했다는 것만으로도 박수를 받아 마땅한 최현애 대표는 "사투리는 지역민의 핏속에 흐르는 유대감을 높여 주고 심리적 안정감을 주는 '예쁜 유전자'"라며 "사투리를 실컷 쓰다 보면 (서울에서 들었던) 주눅들이 사라지고 새로운 기운이 생긴다"고 했다(『매일신문』, 2021년 4월 2일 자). 움베르토 에코는 『책의 우주』에서 인간이 후세에 유전자를 전하는 두 가지 방법은 자식을 낳는 것과 책을 쓰는 것이라 했다. 최현애 대표는 '예쁜 유전자'를 전하는 법을 이미 찾은 것일 수도 있겠다.

● 이야기.

●● 먹어 버리면.

아이고 아기예수님이
이 추분데 우짠 일이고
하루 점두룩● 뻘가 벗고
이기 무씬 일이고

원양희, 「노인복지관 크리스마스」

『사십계단, 울먹』(전망, 2021)

시인은 무료 점심을 제공하는 노인복지관에서 아기 예수가 구유에 누워 있는 크리스마스 장식을 본 어르신들이 하는 말을 우연히 듣고 시로 옮겼다. 즐거워야 할 크리스마스에 무료 급식을 먹으러 온 것도 마음 아픈 일인데 당신들의 경험에 비춘 듯 누워 있는 아기 예수를 보며 욕창 걱정하는 말을 들으니 쓸쓸할 수밖에. 우리나라의 노인 빈곤율은 OECD 가입국가 평균인 15퍼센트를 훨씬 뛰어넘는 40퍼센트다. 최소 생활비조차 마련하지 못할 정도로 힘든 노인이 그만큼 많다는 뜻이다. 60대 이상 노인기초생활수급자가 최근 5년 사이(2024년 기준) 57퍼센트나 증가했고, 60대 이상 노인 자살도 작년에는 한 해 5천 명이 넘어섰다고 한다.

2025년부터 우리나라는 만 65세 이상인 인구가 20퍼센트가 넘는 초고령사회로 접어든다. 2050년이 되면 전체 인구의 40퍼센트가 노인이라는 예측도 있다. 누구도 노인이 되는 것을 피할 수는 없다. 인구가 줄어드는 것이 마냥 문제라고만 생각하진 않지만, 미래를 대비할 겨를도 없이 사회와 개인이 늙는 것은 두려울 수밖에 없다. 무엇보다 안타까운 일은 세대 갈등이 더욱 심해지는 것이다. 그 어느 때보다 풍요의 시대를 살고 있으나 부의 불평등은 말할 수 없이 심각하다. 세대뿐만 아니라 지역 갈등도 점점 심해지고 있다.

가난했던 과거를 생각하면 현재 가진 것만으로도 충분히 나누고 양보하고 갈등을 해결할 수 있지 않을까. 인간의 욕망은 끝이 없기에 이런 생각은 부질없는 것일까. "네 이웃을 너 자신과 같이 사랑하라"는 가르침을 모든 사람이 실천하는 것은 천국에서나 가능한 일일까.

● 내내.

"고마해라. 마이 뭇따 아이가."

영화 『친구』(2001)에서

곽경택 감독이 연출한 『친구』만큼 경상도 사투리 명대사를 많이 만들어 낸 작품이 있을까. "니가 가라 하와이" "느그 아부지 머하시노?" "내가 니 씨다바리가?" 등등. 20여 년이 지났지만 대사가 사람들 입에 오르내리고 밈도 계속 만들어지고 있다. 경상도 사투리가 거칠고 무겁다는 편견은 주로 누아르 장르의 영화나 드라마 때문에 더 굳어신 듯하다. 『친구』가 결정적인 억할을 했다고 생각하는 건 그만큼 많은 사람이 이 영화를 봤기 때문이다. 2001년 개봉 당시 800만 명이 넘는 관객이 이 영화를 보며 그해 박스오피스 1위를 차지했다. 18세 미만 관람 불가였던 걸 감안한다면 『친구』의 흥행이 얼마나 엄청났는지 짐작할 수 있다.

"고마해라, 마이 뭇따 아이가"는 마지막 대사였기에 더 사람들의 뇌리에 박혔다. 이 대사를 서울말로 바꿔보자. "그만해. 많이 먹었잖아." 극 중에서 한동수(장동건 분)가 빗속에서 피를 흘리며 이렇게 말한다고 상상하면 누아르의 맛이 확 줄어드는 느낌이다. 곽경택 감독이 이 영화를 준비할 때 제작진이 사투리로 대사하는 걸 반대했지만 끝까지 밀어붙였다는 뒷이야기가 있다. 곽경택 감독의 고향이 부산이기 때문에 시나리오를 쓸 때부터 확신이 있었으리라.

하지만 나중에 DVD로 출시했을 때 경상도 사투리를 제대로 알아듣지 못하는 시청자를 위해 한국어 자막을 넣었다는 건 그만큼 사투리만으로 작품을 만들기가 쉽지 않다는 걸 보여 준다. 문학작품에서도 경상도 사투리를 그대로 썼다간 해석을 따로 붙이거나 주석을 달아야만 이해할 수 있는 독자들이 대부분일 테니 작가 입장에선 고민이 클 수밖에 없지 않을까. 그렇기 때문에 사투리로만 말하거나 쓰인 작품은 쉽게 만나기 힘들다.

"설령 점심밥을 굶어 배가 쪼매 고푸더라도 사나이 대장부가 될라카모 그쯤은 꿋꿋이 참을 줄 알아야제."

김원일, 『마당 깊은 집』(문학과지성사, 1991)

서울 사나이, 충청도 사나이, 강원도 사나이, 전라도 사나이보다 경상도 사나이, 부산 사나이가 더 자주 관용어처럼 쓰이는 이유가 뭘까. 기질이나 성정은 사람마다 다른 법이니 한 지역의 특성만으로 뭉뚱그려 구분 짓기도 무리가 있다. 경상도나 부산 남자가 특별히 다른 지역보다 더 남자답다는 건 과학적으로 증명할 수도 없다. 아마 경상도 사투리의 어센 억양 때문에 만들어진 이미지가 아닐까.

'경상도 사나이'가 왜 한 단어처럼 관용적으로 쓰이는지 궁금해 자료를 찾아보다 대구 출신인 민경식 감독이 1960년에 만든 영화『경상도 사나이』를 발견했다. 주인공 김 기자(이대엽 분)는 대학을 졸업하고 입사한 신문사에서 특종을 잡으려고 여자 친구 순경(조미령 분)과의 데이트 약속도 잊을 정도로 일에 몰두한다. 결국 두 사람은 오해가 쌓여 헤어지지만 정식 기자가 되던 날 여자 친구를 찾아가 프러포즈한다는 이야기다. 전형적인 로맨틱 코미디다. 주연 배우인 이대엽 씨와 조미령 씨 모두 고향이 마산이고 당시 영화 홍보 신문광고를 참고하면 배우들이 사투리로 연기했음을 알 수 있다. 여자 친구의 오해가 쌓인 이유가 위험과 모험을 두려워하지 않는 주인공의 '경상도 기질' 때문이라는 작품 해설을 읽으며 요즘 같으면 어땠을까 상상했다. 99.9퍼센트 남자가 버림받는 새드무비로 끝날 듯싶다.

어쨌거나 이 영화만 봐도 1960년대부터 '경상도 사나이'의 이미지는 특유의 남성적이고 꿋꿋한 기질로 대표되는 듯한데 그것이 요즘에 와서는 '조폭스러움'의 이미지로도 사용되고 있으니 재미있는 현상이다.

머시마를 낳으면 얼마나 좋은가
몰라도, 고추밭에 터 잡았다꼬
할아버지고 식구대로 참
좋다했는데, 아이고 소용없다.

한국전쟁전후진주민간인피학살자유족회

엮음, 김주완 외 기록, 『학살된 사람들 남겨진

사람들』(피플파워, 2020)

무조건, 무슨 일이 나더라도 아들이 집안 대를 이어야 한다는 시절을 살았다. 아주 먼 옛일처럼 여겨지겠지만 불과 30년 전만 해도 일반적인 인식이었다. 지금은 제발 딸이라도 낳아라, 딸이 예쁘다며 인식이 많이 바뀐 분위기지만. 남자아이는 머시마, 머스마라 했고 여자아이는 가시나, 가시내, 가스나라 했다. 머시마에는 '어리다' 뜻은 있지만 비하는 느껴지지 않았다. 가시나에는 '어리다' 외에도 비하나 차별이 느껴졌다. 왜냐하면 가시나 뒤에는 항상 억압하거나 업신여기는 말이 따라붙었기 때문이다.

"가시나가 어디 아침 댓바람에 넘에 집에 가노?"

"가시나가 울어싸니 되는 일이 없다아이가."

"아무짝에도 소용없는 가스나만 이리 많으이 우짜노. 딸딸이 어매구만."

어머니는 내리 딸 넷을 낳았다. 첫딸, 둘째 딸, 셋째 딸, 넷째 딸…… 그간의 몸고생 마음고생은 도저히 짐작조차 할 수 없다. 임신을 하고도 기쁨보다는 열 달 내내 불안감이 더 컸을 것이고 산고 끝에 아이를 낳고도 절망과 설움에 슬피 울었을 게다. 지금의 세대는 '설마 그렇게까지?'라며 긴가민가하겠다. 하지만 넷째 아이가 딸이라는 걸 확인하는 순간 어머니는 아기를 포대기에 싸서 윗목에 밀쳐두고 쳐다보지도 않았다 했다. 겨울이었는데……. 어머니에겐 그 순간이 가난보다도 더한 비극이었을 게다. 얼마나 시간이 지났을까. 어머니는 정신이 번쩍 들어 아이를 안고 통곡하며 젖을 물렸다 했다.

참으로 다행히도, 다섯째는 머시마였다. 친가와 외가 모두 온 집안이 난리, 난리였다. 어머니는 이번에도 통곡했다. 아들을 낳지 못했다는, 그동안의 한과 설움을 한꺼번에 풀어내는 울음이었을 게다.

"시상에, 하도 기이하고
승칙해서● 말도 몬하겠다.
우사스러서 우찌 살겠노,
어무이하고 그 말을 할라 카다가
차마 쇠가 안 떨어지더라."

박경리,『김약국의 딸들』

(다산책방, 2023)

내가 자랄 때는 여성은 남성에 비해 억압하고 통제당하는 일이 훨씬 많았다. 치마가 짧아도 우세 당했고 화장이 진해도 우세 당했고 청춘남녀가 연애를 해도 흉측하고 우세 당할 일이었다. 부모는 남이 알까 봐 쉬쉬하며 단속했다. 돌아보면 뭐가 그리 흉측하고, 우세스럽고, 쇠(혀)까지 안 떨어질 일인가 싶다.

'우세스럽다'를 경상도에서는 '우사스럽다'고 한다. 동네 할매가 "쎗바닥(혓바닥)에 올리기도 우싸시런 이바구 해 주까" 하시니 귀가 쫑긋 선다. 산청군 생초면 곱내들에 전해오는 '과부와 홀아비의 물꼬 싸움' 이야기다. 한 마을에 과부와 홀아비가 살았다. 어느 날 홀아비가 새벽녘에 논에 나가니 옆 논 과부가 물꼬를 자기 논으로 대 놓고 틔워 주지를 않았다고.

"괘씸허지만 홀애비는 고마 물꼬만 돌릴라 했제. 근데 과부가 와 이라노 카믄서 대드는 기라. 홀애비가 참고 깨이(괭이)로 물꼬를 돌릴라카니 과부가 쌍욕을 마구 하는 기라. 홀애비가 과부를 억지로 끌어낼라 했제. 근데 문디, 이노무 과부가 발딱 일나 저고리를 훌러덩 벗어제끼네. 홀애비가 놀래 손을 댈 수가 없제. 억수루 썽이 난 홀애비가 고마 아랫도리를 까놓고 또랑에 드러누워삔기라. 과부가 시껍했는가 고마 내뺐다쿠데."

이야기를 마친 할매는 웃었다. 나도 웃었다. 하지만 할매 말대로 흉측하지도 우세스럽지도 않았다. 되레 안쓰러웠다. 부풀린 이야기겠지만 예전에는 물이 그리 절박했던가 싶다. 잘 지내던 한 마을 일가친지라도 6~7월만 되면 물꼬 때문에 원수가 되던 시절이다. 오죽하면 갓난아이 입에 밥 들어가는 것과 논에 물 들어가는 것만큼 세상 든든한 일이 없다고 했을까.

● 흉측하다.

걸을 때는 땅바닥 매매● 더더라.
숨 쉬는 거 잊지 마러이. 그거
이자뿌고 죽은 사람도 있다
카더라.

이문열, 『아가』(민음사, 2000)

"젊은 아가 시부저기 걷는 기 피죽도 못 묵었나?"

댕기 아지매가 먼저 아는 체를 한다. 가까이 다가가 정자나무 아래 둘러앉은 서너 명과 차례로 인사를 나눈다. 열일고여덟에 시집이라고 골짝 골짝을 넘어와 평생 한 동네서 살아온 탓일까. 엄니들은 모두 한 핏줄처럼 닮아 있다. 거무스름한 얼굴에 단단한 주름이며 새까만 눈빛들, 아무 계산 없이 순박한 웃음들.

"야야, 믄 일 있나. 매매 딛고 댕겨야 용맹이 생기제."

"그기 아이고 엄니, 믄 생각 좀 하니라고."

이어 차례로 아버지 안부를 묻고, 방치해 놓은 집안 땅 이야기를 꺼내며 기어이 나를 퍼질러 앉힌다. 지난번 회치(마을나들이) 때 있었던 일이며 누구네 집에 손주가 뭘 했다더라, 올해 농사는 어떠하겠더라……. 나는 엄니들의 이런 '대환장 수다'가 은근 좋다. 그게 사람 사는 도리라 여기는 엄니들만의 살가운 인사법임을 알기 때문이다.

나는 중간중간 고개를 끄덕이거나 "그래서예?" "아이가 우짜것노?" 등 추임새를 넣으며 얘기를 잘 듣고 있다는 예의를 잊지 않는다. 그런데 참 신기하다. 엄니들은 어떤 이야기로 시작해도 끝말은 귀신같이 똑같다. "사람 목심이 맘대로 안 되가꼬 이리 사네." "치매 걸려 다 이자삐도 우찌 숨 쉬는 거는 안 이자삔다더만."

(마지막이) 언제 찾아와도 (당신은) 갈 준비가 됐으니 자식들 고생 안 시키고 가고 싶다는 한 가지 바람으로 모인다.

"우짜든지 오늘 밤 이불 속에 드가꼬 아침에 눈이 안 뜨이모 되는디." "아이가 참말. 복도 복도 그런 복이 없제. 아무나 그리 되나예."

● 단단히, 열심히, 빡빡.

"배다구 몇 마러 사 가이소."

권영란, 『시장으로 여행가자』

(피플파워, 2014)

하동읍내시장이었다. 어물전 아지매가 몸을 일으키며 "배다구 몇 마리 사 가이소"라며 말을 건넸다.

내 어머니도 젊을 적 생선 장수였다. 시골서 아무것도 없이 도시로 나와 할 수 있는 일은 남의 집 일이나 난전 장사였다. 서른두, 셋쯤 어머니는 갓난아이를 등에 업고 골목골목을 다녔다. 새벽시장에 가서 생선을 떼다가 빨간 대야에 이고는 하루 종일 아무것도 먹지도 못한 채 온 동네를 헤맸다. 그날 팔지 못한 생선은 늦은 저녁 우리 밥상에 올라오곤 했는데 어리고 철없던 우리는 환호했다. 어머니의 시름과는 상관없이 서로 많이 먹으려다 다투는 게 일이었다. 30대 후반이 되어서야 어머니는 번듯한 당신의 가게를 가질 수 있었다.

배다구? 생선 이름인가 했다.

"배다구라는 생선이 있어예? 그기 맛있나예?"

순간 생선 장수 아지매가 무슨 소리냐는 듯이 멀끔히 쳐다보더니 "요(여기) 사람이 아잉가보네"라고 맞받아친다.

"배다구라는 기 생선 이름이 아이고 게기를 잡자마자 배에서 바로 소금에 팍팍 절여 가져와서는 꾸득꾸득하게 말려서 장에 가져오는데 그걸 요기서는 배다구라 안캅니꺼."

앞치마에 손을 닦으며 자세히 얘기해 주는 아지매를 보며 그냥 걸음을 돌릴 수는 없었다. 만 원어치 달라고 하니 때마침 보리숭어 철이라며 권하는데 그 양이 제법 많았다. 주변 사람들에게 인심 써 가며 두고두고 맛나게 먹었다. 짭조름하니 쫀득한 생선 살이 "게장보다 (맛이) 더했으모 더 했지"라던 아지매 말마따나 입맛 제대로 돋웠다. 보리굴비처럼 녹차 물에 밥 말아 함께 먹어도 좋았다. 5월에서 7월, 하동읍내시장에 가면 보리숭어, 민어 등 소금에 절여 말린 배다구를 인심 좋게 살 수 있다.

한참을 기다려너 이윽고 허연
노인이 팽이를 들고 지나간다.
"어르신 저기 뭐너까?"
"빱꾸더기!"
"예?"
"빱꾸더라 카는 기라."

박진욱, 「가천 암수바위」『남해 유배지 답사기』

(알마, 2015)

남해도 끝 가천마을은 다랭이마을로 봄이 가장 먼저 오는 곳으로 꼽힌다. 해마다 첫봄 사진으로 많이 등장한다. 들이 없어 비탈진 땅을 일궈 농사를 지으니 위에서 내려다보면 층층이 계단처럼 다랭이논이 이어진다.

가천마을에는 마을 중앙과 동·서쪽 총 세 곳에 밥무덤이 있다. 밥무덤은 높이 1.5미터, 너비 1.35미터로 3단으로 돌을 쌓은 것인데 맨 위에는 넓적한 돌을 얹어 놓았다. 오래전 밥무덤이라는 말을 처음 들었을 때 순간 아득했었다. 세 글자를 살며시 읊조리는데 마치 입안 한가운데 밥무덤 하나를 짓는 것 같았다. 가천마을에서는 지금도 해마다 음력 10월 15일이면 동제를 지내는데 그해의 제관을 미리 정하고 밥무덤 앞에 제사상을 차려 자시 무렵 마을 사람들이 다 같이 모여 한 해의 풍작과 풍어를 기원하고 마을의 안녕을 기린다. 제사가 끝나면 넓적한 돌 밑에 메(젯밥)를 묻어 둔다. 바닷가 마을은 물때와 맞춰 살아간다. 음력 10월 15일은 물이 가장 많이 드는 사리 때라고 한다.

삼천포 신수도나 가까운 섬들에 더러 밥무덤이 있다 하니 밥무덤은 바닷가 사람들의 기원 장소로 짐작된다. 남해안에서도 지역에 따라 밥구덕, 밥구덩이, 밥꾸디, 밥돌 등 여러 말로 불린다. 구디는 구덩이의 사투리다. 가천마을 노인은 무심하게 툭툭 "빱꾸디"라 내뱉는다. 남해도에는 이곳 가천마을 외에도 몇 군데 더 남아 있다고 하는데 밥무덤을 보존하고 동제를 지내는 곳은 가천마을뿐인 듯하다.

밥그릇, 밥풀, 밥냄새, 밥알, 밥맛, 밥값, 밥벌이……. '밥'에서 나온 말은 이상스레 다 애처롭고 애틋하다. 밥무덤이라는 말을 들었을 때 뭔지 모를 아득함도 이런 마음에서 나왔던 걸까.

풀밭에 배암●이 눈뜨는 소리
논두렁에 밈들레●●가 숨 쉬는
소리

김춘수, 「봄B」『돌의 볼에 볼을 대고』

(탑출판사, 1992)

경상도에서 뱀은 비얌, 배암이라고 한다. 지리산자락 산청·함양에서는 배암보다는 배미라고 했다. 어른들은 "밤에 휘파람 불면 배미 나온대이" 하며 얼라(어린아이)들에게 겁주었다. 어린우리는 휘파람을 불다가도 아차 싶어 멈췄다. 그러고는 이불 밑으로 배미가 스르륵 기어들까 봐 잔뜩 불안에 떨다가 곯아떨어지곤 했다.

시인 김춘수의 고향은 경남 통영이다. 그는 제5공화국 때 친군부 독재에 동조 찬양한 이력이 있어 고향에서조차 제대로 대접을 못 받고 있다. 그의 시에는 경남 사투리가 더러 있는데 복사꽃 피는 봄을 읊은 연작시에는 배암이니 밈둘레니 하는 말이 나온다. 가까운 경남 지역이라도 조금씩 달랐구나 싶다. 얼마 전의 일이다. 여든이 넘은 유호순 엄니가 도화지에 샛노란 꽃과 뾰족뾰족한 초록 이파리들을 빼곡히 그렸다. 이름 자 정도 쓰는 엄니인데, 그림에는 서툴지만 또박또박 '머슴둘레'라고 적혀 있었다. "엄니, 머슴둘레가 므대예?" 호순 엄니는 "봄에 항그석 난다아이가"라고 하신다. 찬찬히 들여다보니 민들레다! 머슴둘레라니, 생전 처음 들었다.

산골에서는 봄 들판이 죄다 먹을거리다. "봄에 나는 거는 전부 약이제"라며 집집마다 가스나들 손에 소쿠리를 들려 나물 캐러 보냈다. 민들레 이파리는 나물로 무쳐 먹고 뿌리는 말려서 달여 먹었다. 민들레는 산과 들, 담벼락 틈, 어디서든 하물며 제초제 뿌린 땅에서도 기어이 살아내는 꽃이다. 호순 엄니는 "어른들이 머슴둘레라 카니까 머슴둘레라 캤제"라고 말했다. 보얀, 혹은 샛노란 머슴둘레가 천지 사방에 올라오면 우리 동네는 '애나봄'이다.

● 뱀.
●● 민들레.

"너비도! 지 똥 굶다잖아!"
나는 가끔 최도사가 정말 도사
같을 때가 1년에 서너 번 있는데
이때도 그랬다. 우리는 둘이서
킥킥 웃었다.

공지영, 『시인의 밥상』

(한겨레출판, 2016)

영어식으로 얘기하면 "Just leave it! He'll do it his way!" 이렇게 되는 건가? 아무래도 좋다. 외국어 같은 '내비도'는 어떤 간섭도 하지 말고 내버려 두라는 경상도 말이다. 아무리 말해도 자신의 방식이 그 어떤 것보다 낫다고 어깃장을 놓으니 곁의 사람은 마음도 상하고 니 맘대로 하라는 심정이 되고 만다. 인정이라기보다는 체념이다.

사람들마다 '지 똥'이 있다. 굵거나 가늘거나 길거나 짧거나. 고집이기도 하고 소신이기도 하다. 그런데 시인 최승자가 얘기한 "영혼의 살림집"은 그야말로 '지 똥'으로 짓는 것이라고 한다면 지나친 비약일까. 최 시인의 「그대 영혼의 살림집에」의 한 구절을 옮긴다.

"그대 영혼의 살림집에
아직 불기가 남아 있는지"

문득 나는 내 영혼의 살림집을 기웃기웃 둘러본다. 아궁이에 불기는 살아 있는지, 불기가 살아 있다면 뭘 위해 타고 있는지, 굴뚝이 막히지 않고 연기가 잘 빠져나가고 있는지. 언젠가 내 영혼의 살림집 한 채 온전히 갖게 된다면 외치고 싶다.

"쫌, 내비도! 내 똥 굵으니께."

"쪼매 더 내러가다 밥해 묵제이.
살강에 보리밥때기 쪼매 남은
거 긁어 묵었더이 배때기에서
꼬르륵 소러가 난데이."

김원일, 「여름 아이들」『오늘 부는 바람』
(문이당, 1997)

김원일의 단편소설「여름 아이들」을 읽다가 '살강'에 꽂혔다. 살강은 지금으로 치면 부엌 개수대 앞에 놓인 스테인리스 선반 같은 것이다. 갓 씻은 그릇이나 자주 쓰는 것을 올려놓는 선반으로 '시렁'이라고도 한다. 내가 사는 경상도 산골에서는 부엌을 '정지'라 했고 그 정지에는 살강이 있었다. 김원일은 경남 진영에서 태어나 대구, 경북에서 자라고 활동했다. 그의 소설에 등장하는 말투에는 경북과 경남이 다 들어 있다.

경상도 남쪽 산골 마을에는 집집마다 정지 살강에 보리밥 바구니를 두었다. 보리는 쌀과 달리 잘 퍼지질 않아 집집마다 보리밥을 미리 해서 둔 것이다. 밥을 안칠 때면 씻은 쌀 위에 미리 해놓은 보리밥을 얹어 밥을 했고, 다 된 밥을 주걱으로 풀 때 쌀밥과 보리밥을 골고루 섞어 폈다. 가끔은 "보리밥때기 쪼매 남은 거"가 몽땅 없어지기도 했는데, 허기진 아이들이 살강에 둔 보리밥때기를 싹싹 긁어 먹어 치웠던 탓이다.

그런데 살강은 언젠가부터 동네 할머니들조차 쓰지 않는 말이 됐다. 부엌 시설이 현대화되고 부엌 문화가 달라진 데 그 이유가 있는 듯하다. 주거 환경이 달라지며 부석이나 정지가 없어지고 주방이 생겼고 새미(샘, 우물)나 수돗가 대신 싱크대와 개수대가 생겼다. 시렁이나 살강이 없어진 자리엔 식기 건조기와 수납장이 생겼다.

'살강'에 꽂혀 이 글을 쓰기까지 경상 지역어(방언)인 줄 알았다. 이런, 사투리가 아니다. 표준어이다! 다만 주거 공간이 달라지면서 우리 생활에서 잊힌 말, 사라진 말 중 하나가 된 것이다. 이야기가 한참이나 샛길로 샜지만 김원일의 소설에서 인용한 "살강에 보리밥때기 쪼매 남은 거"를 기억하고 고개를 끄덕이는 사람은 '갱상도 옛날 사람'이다.

이거 꿀 아입니꺼. 어디서 가져
오셨는데예?
저 밑에 바다서 떠가 왔지예.

이서후, 『남해바래길』

(피플파워, 2017)

남쪽 해안에서 제일로 치는 '굴'은 사천시 서포 굴이다. 바닷물이 빠지는 썰물 때면 다라이를 가져가서 갯바위에 붙은 굴을 따 온다. 서포 굴은 밀물과 썰물에서 자란 자연산이라 씨알이 작으면서 쫀득한 육질과 풍미가 있어 전국적으로 유명하다.

그런데 특히 경남 남쪽 바닷가 사람들은 굴을 굴이라 하지 않는다. 꿀이다. 경상도 사투리에서 한몫하는 경음화 현상 때문일까. 이서후 작가의 『남해바래길』에서 "꿀"을 "저 밑에 바다서 떠가 왔지예" 하는 장면을 만난다. 의아하게 여기겠다. 꿀이라니? 꿀을 바다에서 떠 온다고? 말이 안 된다 여기겠다.

오래전 사천시 서포 해안을 따라 줄지어 있는 굴막을 취재한 적이 있다. 굴막은 어민들이 굴 껍데기를 까는 막사 같은 것이다. 들농사 짓는 곳에 농막이 있듯이 말이다. 바다에서 건져 온 굴을 쌓아 두고 온종일 굴을 깐다. 이야기를 하면서도 굴 까는 아지매 손은 멈추지 않았다. 고무장갑을 끼고, 굴쪼시개로 굴을 까는데 탁, 탁, 타악, 세 박자에 맞춰 껍데기에 싸여 있던 굴이 쏟아졌다. 아지매는 이것도 기술이라며 흐뭇하게 웃었다. 감탄을 쏟아내는 내게 아지매는 열댓 살부터 평생 한 일인데 "먹고사는 일"을 오래 하면 저절로 다 된다고 했다.

'꿀'은 날이 추워야 맛이 제대로다. 굴 어민들은 해마다 11월 말 무렵 시작해 우수까지 굴을 따고 굴을 깐다. 경칩 무렵이면 더 이상 까지 않는다. 끝물 때는 생으로 먹기보다 껍데기째 삶거나 구워 먹는다. 봄이 오면 굴막 밖에는 겨울 내내 까놓은 굴 껍데기가 쌓여 무더기를 이룬다. 굴 껍데기는 다시 씨종자를 놓는 밭이 된다. 함부로 버려지는 게 없다.

경상도 남쪽 바닷가에서는 꿀을 바다에서 건져 온다.

언년방에선 저 퇴까이들을
우짤꼬 저 앵구를 우짤꼬
삭은 나무 같은 목소러가
근심스러웠다

김희준, 「드므개 마을」 『언니의 나라에선
누구도 시들지 않기 때문,』(문학동네, 2020)

퇴까이는 알겠다. 우리 동네서도 토끼를 토까이, 퇴까이라고 했으니까. 강아지는 강생이. 그런데 앵구는 뭐지? 알고 보니 앵구, 앵고는 경남 통영 지역에서 고양이를 칭하는 사투리였다. 통영과 50킬로미터 떨어진 진주에서는 고양이를 괭이라고 부른다. 경상도 안에서도 지역 말이 또 이리 달랐다. 김희준 시인은 진주에서 대학을 다녔고 첫 시집을 준비하다가 26세에 불의의 사고로 죽었다. 시인의 고향은 통영이었는데 '앵구'는 그의 시 중에 우연히 찾은 통영 말이었다. 통영이 고향인 사람들은 어린 시절 "어데서 쑥앵구가 한 마리 집에 들어오더만 게기 반찬을 솔딱 묵어 삐릿어"라는 말을 종종 들었다. 어디서 수고양이가 한 마리 집에 들어와서 고기 반찬을 홀딱 먹어 버렸다는 뜻이다.

오래전부터 사람들과 가장 가깝게 지내는 동물이 고양이와 개다. 닭, 돼지, 소는 가까이 있되 가축의 개념이었지만 고양이나 개는 한솥밥 먹는 식구 같은 존재다. 이제는 반려묘, 반려견이라는 말이 일반화된 지 오래다. 고양이나 개를 혹 마주쳐도 슬슬 피해 다녔던 나조차 지금은 길고양이에게도 눈길을 주고, 산책길에서 주인과 같이 다니는 개를 만나면 예쁘다며 감탄하기도 한다. 고양이와 개에 관한 친숙한 말이나 함께 사는 경험담 등을 풀어놓는 문화에 어느새 서서히 스며들어 내게도 고양이와 개가 친숙한 존재가 된 것이다. "개랑 고양이를 키운다면 누굴 키울 거야?"라는 질문을 받으면 서슴없이 "난 고양이" 하는 대답이 금방 튀어나올 정도가 됐다. 물론 나는 키우지 않을 것이다. 싫어서가 아니라 돌봄을 짊어지고 싶지 않아서이다. 내 애정의 크기는 요만큼이다. "앵구는 인자 내한테 예쁜 존재가 됐지만 항꾸네 사는 거는 고마(그냥) 상상만 할랍니더."

"지나가는 강생이가 웃겠다.
강생이가."

영화 『기방도령』(2019)에서

어렸을 때 동네 개 이름은 왜 대부분 영어로 짓는지 의문이었다. 메리, 도끄, 해피, 쫑…… 죄다 그런 이름이었다. 우리 집 강새이(진주에선 강생이보다 강새이로 발음한다) 이름도 메리였다. 그 전통(?)이 지금도 이어지고 있는 듯싶다. 곰곰이 생각해 보면 동물(특히 강새이) 이름을 사람 이름처럼 짓지 않는 것은 오해를 살 만한 일이 생길 수도 있기 때문이 아닐까. 만약 이웃집 강아지 이름이 "갱국이"였다면 내가 길 가다 그 집 쪽으로 돌아볼 일이 생길 수도 있을 테니까. 추측일 뿐이다.

강새이를 좋아하지만 고네이(고양이)를 키운다. 2021년 공장에서 아르바이트를 하며 만났다. 어미에게 버림받아 눈곱이 심하게 끼고 비쩍 말라 있어 나을 때까지만 데리고 있으려고 했는데 정이 들어 버렸다. 강새이든 고네이든 마당이 있는 집이 아니고선 절대 집 안에 동물을 들이지 않겠다는 결심이 무너지는 순간이었다. 너무 비실비실해서 이름을 '비실이'로 지었다. 지금은 아주 건강하고 뱃살이 매력인 고네이로 거듭났다. 예방 접종하러 동물병원에 갔을 때 "비실이 아버님" 하고 불러서 이름을 바꿀까 싶었지만 이미 이름도 정들어 개명은 하지 않기로 했다.

고양이를 경상도 사투리로 굉이나 갱이로 부르지만 고네이라 부르는 곳도 있다. 양산에선 살찐이, 울주에선 꾀내기, 통영이나 거제에선 앵구, 남해에서는 기생이로 부르기도 한다. 강생이는 강아지를 부르는 말이지만 보통 '똥'을 붙여서 '똥강새이'로 표현하는 경우가 많다. 할머니가 손자를 부를 때도 "우리 예쁜 똥강새이~" 하고 부른다. 동물에 '~ㅐ이'나 '~ㅔ이'를 붙이는 경우가 여럿 있는데 망아지는 망새이, 지렁이는 거새이, 매미는 메레이, 벌레는 벌게이, 잠자리는 철게이, 토끼는 토깨이라 한다.

뭐라 케싼노.

강산에 작사, 강산에 노래, 「와그라노」(2002)

뭐라 케싼노 뭐라 케싼노니 (니 또 와그라노)
우짜라꼬이요 우짜라꼬내내 (내는 우째란 말이고)

 강산에 씨의 노래 「와그라노」는 처음부터 끝까지 경상도 사투리 가사다. 2013년 광주MBC 문화콘서트 『난장』에서 이 노래를 부르는 장면에 달린 유튜브 영상 첫 번째 댓글, "강산에 씨가 스페인어를 저렇게 잘하는 줄 몰랐습니다." 경상도 사람에겐 또렷하게 한국어 가사가 들리는 이 노래가 다른 지역 사람들에겐 외국어로 들릴 수도 있겠다. 이 노래를 듣고 있으면 그가 한참 앞서간 음악가라는 사실을 인정할 수밖에 없다. 그는 포크록에만 한정되지 않는 다양한 시도를 해 왔고, 많은 명곡을 만들었다.

 그의 본명이 타이틀인 일곱 번째 앨범 『강영걸』에는 「와그라노」뿐만 아니라 이북 사투리로 랩을 넣은 곡 「명태」도 들어 있다. 실향민이었던 아버지의 고향 말로 랩을 붙였다. 그의 아버지는 함경남도 북청군 출신이었고, 그가 태어난 곳은 경남 거제다. 고등학교 시절까지 부산에서 보냈으니 경상도 사람이라고 해도 이상하지 않다. 아버지와 자신의 탯말로 노랫말을 쓰고 자신의 본명 '강영걸'로 앨범 이름을 정한 건 그만큼 자신에게 중요한 의미가 있는 작업이란 걸 보여 준다.

 「와그라노」의 가사 중 "뭐라 케싼노"는 '무슨 말을 하는 거니'라는 뜻이다. 누군가에게 강하게 따져 물을 때 흔히 쓰는 말이다. 턱을 살짝 치켜올리고 미간을 팍 찌푸리며 '케'에 강세를 줘야 제대로다.

우째 이런 일이!

김영삼 전 대통령(1993년 5월, 최형우 민자당
사무총장 아들의 입시비리 사건을 듣고)

김영삼 대통령만큼 사투리와 관련된 일화가 많은 정치인이 있을까. 거제가 고향인 김영삼 대통령은 만 25세로 국회의원에 당선되어 역대 최연소 국회의원이 되었다. 중앙 정치 무대에 올라가선 사투리를 고치려고 무던히 노력했다고 하는데, 심한 사투리를 쓰는 것이 부끄러워 말조차 꺼내지 못할 정도였단다.

> "대학시절 대학로의 서점에 책을 사러 갔는데 심한 경상도 사투리 때문에 점원이 말을 못 알아들어 부끄러웠다. 다음에는 종이에 책이름을 써서 가지고 갔다."
> ―『경향신문』, 2006년 9월 12일 자

김영삼 대통령의 꿈은 원래 정치인이 아니었고 소설가였다. 하지만 해방이 되고 남과 북이 분단되고 어수선한 정치 상황으로 국민들이 고통받는 걸 보면서 소설가의 꿈을 버리고 대통령이 되기로 결심했다. 하숙집 방 책상 앞에 '미래의 대통령 김영삼'이라고 써 붙이고 공부를 했다고 회고했다. 대통령이 되려는 꿈을 이루기 위해 어쩌면 심한 사투리는 방해물이었을 수도 있다. 하지만 그게 어디 쉽게 고쳐지는가. 고치기는커녕 오히려 유명 정치인으로 떠오르고 나서는 자신의 지지 세력을 모으는 도구로 사투리를 이용하기도 했다. 지난 22대 국회의원 선거 유세에서 조국혁신당의 조국 대표가 부산을 찾아 "억수로 감사합니다!" "고마치아라 마!" 하고 사투리로 유세한 것도 그런 예다.

김영삼 대통령의 경우 숱한 '사투리 어록'을 남겼고, 자신의 최측근이었던 최형우 민자당 사무총장이 1993년 아들의 대학 부정 입학 건으로 자리에서 물러날 때 탄식하며 내뱉었던 "우째 이런 일이!"는 당시 유행어가 되기도 했다.

"의사일정 제26항 소나무
재선(재선)충병"
"하하하하! 괜찮아! 괜찮아!"

연합뉴스 TV『뉴스워치』2013년 2월 26일 방송

인용한 문장이 나온 기사 제목은 「'으'와 '어' 사이… 심한 사투리에 국회 본회의장 '웃음바다'」. 당시 이병석 국회부의장이 의사진행을 하며 심한 사투리를 쓰자 회장에 있던 국회의원들뿐만 아니라 자신까지도 웃음이 터진 현장을 옮긴 기사였다. 이병석 국회부의장의 고향은 경북 포항이다. "재슨충병"에서만 웃음바다가 된 것은 아니다. "의사일정 제29항 전통 소사움(소싸움)" 하던 중 쌍시옷 발음에서도 "하하하하!" 웃음이 터졌다. 이날 회의는 정부조직개편 협상 난항으로 여야가 날을 세워 대립하고 있었지만 '으'와 '어' 사이에서 훈훈한 분위기였다고 기자는 당시 분위기를 전했다.

쌍시옷과 '으'와 '의' 발음은 경상도 사람들이 특히 어려워한다. 나도 그렇다. 2021년, 라디오 프로그램(KBS진주 「정보 주는 라디오」)에 고정 출연해 여행 이야기를 한 적이 있다. 워낙 말주변이 없어 미리 써 둔 원고를 앞에 놓고 거의 읽는 수준이었는데도 '으'와 '의' 발음만 하면 긴장하곤 했다. 출연하는 라디오의 코너명이 '귀로 듣는 여행'이었으니 더 또록또록 발음하고 싶었지만 첫 방송을 모니터링하고 난 다음부터는 부끄러움에 얼굴이 화닥거려 다시 듣기도 포기하고 말았다. 발음도 발음이었고, 이어폰으로 듣는 목소리도 너무 생경했기 때문이다. 나중에는 뭐 될 대로 되라지, 포기하는 마음이었지만 '어'와 '으' 앞에서만큼은 목소리가 살짝 기어드는 건 어쩔 수 없었다. 신경을 쓰면 오히려 더 실수하곤 했다.

처음 기사 이야기로 되돌아가, 이병석 국회부의장은 이날 회의를 꽤 유쾌하게 마무리했다. "저는 죽을 때까지 그 발음을 구분할 수 없습니다." 나도 마찬가지다.

이기 다 너끼다 이기가.

「그래도, 부산이 좋다 〈2〉 잊혀져가는 사투리」

『국제신문』 2001년 9월 5일 자

기사에 소개된 사연을 그대로 옮기자면, 지하철에서 혼자 자리를 널찍이 차지한 한 승객에게 부산 사람이 '이기 다 니끼다 이기가' 따졌단다. 피곤해서 앉아 가려는데 다리를 쩍 벌리거나 짐을 두어 혼자서 두 자리를 차지한 사람이 있다면 이런 말이 입 밖으로 나올 만하다. 부산이나 대구 지하철이었다면 앉은 사람이 말귀를 알아듣고 주섬주섬 한 자리는 내주겠지만 서울이라면……일본인으로 오해할 수도 있지 않을까. 경상도 사투리가 특히 추구하는 효율성은 최대한 받침을 없애고 필요 없는 말을 버리는 데서 나온다. 받침 없이 빠른 속도로 흘려 말하면 사실 일본말처럼 들리는 표현이 종종 있다.

다정한 맛은 전혀 느낄 수 없는 이 말은 "이게 다 당신 것이란 말이냐?"라는 뜻이다. 누군가 욕심을 부리는 상황을 마주했을 때 쏘아붙이기 좋은 표현이다. 만약 이런 말을 듣고 내 것이 맞다고 주장하고 싶다면 "하모 당여이 내끼지 그라모 니끼가↗" 하고 맞받아치면 된다. 끝을 올려 주어야 강하게 상대를 압박할 수 있다.

과거 당고개에서 잠실까지 출퇴근하던 지옥 같은 시절이 있었다. 출퇴근 시간만 거의 4시간이었다. 출근 때는 4호선 종점에서 출발하니 앉아 갈 기회가 많았지만 퇴근 때는 거의 서서 오는 일이 많았다. "이기 다 니끼다 이기가" 따지고 싶은 때가 얼마나 많았겠나. 거의 매일 야근이니 피곤에 절어 살던 때였다. '쩍벌남' 앞에서, 아무렇게나 놓인 가방 앞에서, 서서 졸았던 기억이 난다. 하지만 워낙 소심한 성격이라 앉아 보려고 따진 적은 단 한 번도 없었다. 다만 허공을 보며 속으로만 소리쳤다. '이기 다 니끼가?'

오빠야
네가 진짜 좋아하는 사람이
생겨서 혼자 끙끙
앓다가 죽어 버릴 것만 같아서
얘기를 한다
눈앞에 아른아른 거리는 잘생긴
얼굴 자꾸
귀에 맴도는 그의 촉촉한
목소리 예

신현희 작사, 신현희와김루트 노래,

「오빠야」(2015)

듀오밴드 '신현희와김루트'의 노래 첫 소절 같은 억양의 "오→빠↗야↘"를 실제로 들어 본 적이 한 번도 없다. 나만 그런가 싶어 주변에 물어보았지만 대부분 마찬가지였다. 사실 어찌 보면 당연하다. 노래 가사의 "오빠"는 "혼자 끙끙 앓다가 죽어 버릴 것"처럼 '좋은' 오빠다. 그러니 사랑에 빠진 감정을 주체 못해 한껏 들뜬 경우가 아니라면 일상에서는 거의 듣지 못할 억양이다. 강력한 사교성을 장착한 사람이 아니라면 경상도 사람은 대체로 감정을 표현하는 일에 서툴고 부끄럼을 많이 타는 편이다. 사랑에 빠졌다고 해도 노래처럼 독특한 느낌으로 표현하는 건 쉬운 일이 아니다. 어쨌거나 저 노래를 처음 들었을 때 경상도 말의 억양을 리듬으로 잘 살렸다 싶어 감탄했었다.

> "사투리가 주류인 지역에서 남성의 사투리는 지배자의 언어, 권력의 표상, 동질감의 표현이지만 젊은 여성들이 쓰는 사투리는 섹슈얼리티와 연결되곤 한다. 미디어도 여성의 사투리를 동등한 의사소통이 아니라 '애교'로 정의하면서 미성숙하고 성애화된 언어로 간주한다."
> ─『한겨레21』, 2024년 2월 2일 자

장지은 계명대 여성학연구소 전임연구원의 지적이다. 그의 의견에 공감하는 부분도 있지만, 실제 일상에선 거의 느낄 수도, 경험할 수도 없기에 과한 해석인 것도 같다. 내가 쓰는 사투리가 지배자의 언어라거나 권력의 표상이라고 생각해 본 적 없기도 하고, 여성들이 쓰는 사투리가 미성숙하고 성애화된 언어처럼 들린 경우도 없었기 때문이다. 거론했듯 사투리를 어떻게든 웃음이나 비하의 소재로 삼으려는 미디어의 비뚤어진 자세가 문제일 것이다. 우리는 그저 정다운 고향 말을 쓰는 것뿐이다. 125

"하이간 머시마라는 것들은
물 먹으러 갈 때하고 먹고 나서
꼬라지가 다르다 카이. 내가
이런 인간들 뭘 보고 같이 있자고
했는지 몰라. 너희는 너희끼러
라면 처먹어. 우리는 죽어도
밥 먹어야 되니까 밖에 나가서
사먹고라도 올 턴께."

성석제, 『지금 행복해』(창비, 2008)

이 문장을 읽다가 마음이란 게 하고 싶을 때와 그걸 하고 나서 달라지는 건 당연한 것 아닌가 싶었다. 그렇게 남자를 몰아붙일 게 뭐람. 텐트 가지고 고생해서 놀러 왔으면 당장 배고픈 걸 해결하는 편이 합리적이 아닌가. 하지만 작품 속 주인공들은 달랐다. 밥이냐 라면이냐 하는 작은 문제로 남자와 여자의 감정의 골이 순식간에 깊어지지만 남자는 문제가 무엇인지도 알아채지 못한다. 갈등이 없다면 이야기를 만들 수도 없겠지. 만약 어떤 일이든 남과 여 사이 상황이 악화되기 전 그걸 알아챌 수 있는 남자가 있다면 그는 특별한 능력의 소유자다. '머시마라는 것들'로 일반화될 수밖에 없는 이유가 있는 법이다. 소설 속 이야기는 허구가 아닌 현실이기도 하다.

존 그레이는 『화성에서 온 남자 금성에서 온 여자』(동녘라이프, 2006)에서 남자와 여자의 소통방식이 다르기 때문에 오해와 갈등을 일으킨다고 했다. 남자는 대화의 핵심만 전하려 하고, 여자는 감정을 공유하고 싶어 하기 때문에 이런 차이를 인정할 필요가 있다고 말한다. "너희는 너희끼리 처먹어"라는 말을 들었을 때 더 이상 갈등이 커지는 걸 막기 위해 노력할 것인가, 아니면 무대응으로 무시하고 라면을 계속 먹을 것인가, 비슷한 말로 되받아칠 것인가. 이 글을 읽는 남성 독자가 있다면 궁금하다. 이 복잡한 상황에서 어떤 선택을 할 것인지. 배고프면 합리적인 판단이 어려우니 나 같으면 끓여 둔 라면을 최대한 빠르게 먹고 눈치껏 수습하려고 노력할 것이다. 만약 실패한다면, 그건 또 그때 생각하는 걸로.

요새는 와 나타나지도 않노?
삐낏나?

KBS 2TV 드라마 『참 좋은 시절』(16회)에서

마음이 토라지고 비뚤어진 걸 두고 경상도 사투리로 '삐끼다'라고 한다. '삐끼재(쟁)이'의 마음을 헤아리는 일은 얼마나 피곤한지. 아무리 생각해도 내가 잘못한 일이 없는 듯한데 상대가 삐낀 상황이라면 난감하다. 이럴 때 상대에게 "와 삐낏노?" 묻는다면 공감력 제로인 사람으로 찍힐 위험이 크다. 이럴 땐 잠시 피하는 것이 현명할 수도. 하지만 만약 그가 갑이고 내가 을인 처지라면 마냥 모른 척하고 있을 수도 없다. 이럴 땐 괴로움이 곱이 된다. 나이를 먹을수록 이런 상황은 피하고 싶다. 하지만 그게 마음대로 될 리가 있나. 아저씨들이 TV프로그램『나는 자연인이다』를 좋아하는 이유가 있다.

이서진, 김희선 씨가 주연을 맡았던 드라마『참 좋은 시절』의 배경은 경주다. 김희선 씨의 사투리 연기는 부족하다기보다 어울리지 않았다. 세련된 도시 이미지로 대표되던 그의 어색한 사투리 연기라니. 캐릭터에 몰입할 수 없었다. 이 드라마를 시청했던 사투리 원어민이라면 대부분 비슷한 생각이지 않았을까 싶다. 이미 지난 일이지만 아예 신인배우를 발탁했더라면 어땠을지. 이런 생각을 하면서도 고향이 아닌 곳의 사투리로 연기해야 하는 배우들은 얼마나 고충이 클지 충분히 이해할 수 있다.

지인이 시나리오를 쓴 독립영화에 사진관 아저씨로 출연한 적 있다. 마음의 상처를 입고 고향에 내려온 후배를 위로하는 역할이었다. 대사가 세 줄밖에 되지 않았지만 오케이 컷이 나오기까지 몇 번이나 촬영했는지 모른다. 나중에 영화가 완성되어 보러 오라는 이야기를 들었지만 부끄러운 마음에 끝내 갈 수 없었다. 그 후 누군가의 연기력을 평가하는 일은 하지 않게 되었다. 극 중 다른 사람이 되어 연기한다는 게 얼마나 어려운 일인지 깨달았기 때문이다. 배우는 아무나 할 수 있는 일이 아니었다.

가을 깔롱쟁이는 끝났다

김도훈 문화칼럼니스트, 『조선일보』

2024년 10월 2일 자

멋쟁이를 경상도에서는 깔롱쟁이라 한다. 뽄쟁이(뽐쟁이)도 비슷한 말이다. 깔롱진다, 뽄진다도 같은 의미로 쓰인다. 멋있다고 치켜세우는 것이 아니라 주로 약간 놀리는 투로 말한다. 이런 식이다. "머시마가 저리 깔롱만 지기서 돌아댕기니 어데다 써묵것네." 말하자면 "남자애가 저렇게 멋만 부리며 돌아다니니 어디 써먹을까" 하며 쓸데없이 겉멋만 부리는 것을 탓하는 말이다. 주로 10~20대의 젊은이들이 시근(철) 없이 멋 부리는 걸 두고 말하는 경우가 많다. 나이가 지긋한 어른에게는 거의 쓰지 않는 표현이다.

tvN 드라마 『응답하라1994』에서 주인공 성나정(고아라 분)이 써서 유명해진 "까리뽕삼하다"도 '멋지고 세련되었다'는 뜻이다. 역시나 주로 젊은 층에서만 쓰는 말이다. "니 오늘 에나로 까리하네" 하면 "너 오늘 진짜 멋지네" 하는 칭찬이다. 그런데 '까리하다'는 '아리까리하다(알쏭달쏭하다, 아리송하다)'를 줄여서 쓰는 말이기도 하다. "오늘 분위기 까리-하네"라고 하면 "오늘 분위기 아리송하네"라는 의미다. '리'를 길게 발음해야 뜻이 산다.

진정한 깔롱쟁이가 되려면 타고난 감각이 있어야 한다. 비싼 옷을 사 입고 몸만 치장한다고 되는 것이 아니다. 수더분하게 입어도 맵시가 나는 사람이 있다. 패션의 완성은 얼굴이라고 하지만 그것만 가지고는 부족하다. 외모도 물론 중요하겠지만 그 사람의 화법과 태도가 멋을 판단하는 더 중요한 기준이 되는 듯하다. 나처럼 뽄쟁이 감각이 없는 사람은 모범이 될 만한 롤 모델이 필요한데 아직 찾질 못했다. 평생 깔롱쟁이 소리 한번 못 듣고 인생 끝날 것 같다. 안타깝다.

"애가 왜 이렇게 애뻤노?"

MBC 프로그램 『우리말 나들이』

2024년 2월 27일 방송

3개월 남짓한 기간 동안 10킬로그램을 뺐다. 살을 빼기 위해 따로 운동을 하진 않았다. 나이와 키, 몸무게를 감안한 성인 남성 하루 권장 섭취량 2,200킬로칼로리보다 적게 먹으면 빠질 거라 생각했고 실천에 옮겼다. 칼로리 계산 앱을 휴대폰에 설치하고 꼼꼼하게 내가 먹는 음식의 칼로리가 얼마인지 기록했다. 땅콩 한 알까지 입에 들어가는 건 빼먹지 않고 기록됐다. 가능하면 하루 1,500킬로칼로리는 넘지 않도록 식사량을 조절하며 3개월을 버텼다. 밀가루와 설탕, 탄산이 들어간 음식은 최대한 피하고, 가능하면 탄수화물 섭취를 줄이려고 노력했다. 효과는 확실했다. 입속으로 덜 넣는 것만큼 살이 빠졌다. 물론 가끔씩 원칙을 깨기도 했지만 더 먹은 만큼 다음 끼니는 덜 먹었다.

10킬로그램 정도를 줄이자 허리 사이즈가 2인치 넘게 줄어들고 얼굴 윤곽이 달라졌다. 가장 먼저 외모의 변화를 알아본 건 어머니셨다. "요새 밥도 제대로 안 챙기 묵나. 와 이리 애비노" 하셨다. 다이어트한다고 말씀드렸더니 "나이 묵고 살 빼면 얼굴이랑 목에 주름도 생기고 보기가 영 파이다(별로다)" 하며 혀를 차셨다. 주름이 생기더라도 몸이 가벼워지는 쪽을 선택했다. 하지만 한때 면식수행자로 자부했을 만큼 밀면, 짜장면, 국수, 라면을 좋아하는 터라 요요 현상 없이 지금 상태를 유지할 수 있을까 자신할 수는 없다. 다이어트에 대한 자신은 생겼으니 그것만으로도 괜찮은 도전이었다.

'애비다'는 영화 『스타워즈』에서 다스베이더가 루크 스카이워크에게 던진 대사 "아임 유어 파더(I'm your father)" 할 때의 그 '애비(아비)'가 아니다. '애비다'는 '야위다'의 경상도 사투리다. 보통 손윗사람이 아랫사람의 건강을 걱정하며 이를 때 쓴다.

머르치 다시물 내가,
지● 쫑쫑 서러 넣고 팔팔 끼러다가,
식은밥 넣고 또 끼러가
떡국이나 국시 쪼매이 뿐질라 넣고
한분 드 끼러모 시원하이~
맛있는기라.
묵기 전에 빠다 쪼매이 넣으면
훨씬 더 마싯따.

손순옥,『경상도 말모이 니캉내캉』

(좋은땅, 2020)

아, 이건 '옴마 국밥'이다! 경상도 말투로 옮겨 놓은 김치국밥 조리법에서 '옴마 목소리'가 들린다. "빠다가 다 머꼬? 깨반하이 (개운하게) 묵어야제." 그래, 빠다(버터)를 넣는 건 아니지.

김치국밥에 관한 첫 기억은 어릴 적 감기 몸살 앓던 때이다. 목은 부어 쇳소리가 나고 콧물은 흐르고 열은 끓고…… . 어머니는 동생들에게 옮는다며 나를 작은방에 떼어 놓고는 보리차 한 주전자를 갖다주며 물을 자주 마시라고 했다. 연탄아궁이 불구멍이 활짝 열렸는지 방안이 점점 따뜻해졌다. 잠결에 눈을 뜨니 어머니가 작은 양은 냄비에 김치국밥을 끓여 오셨다.

"남구지 말고 묵고 이불 뒤집고 잤삐라."

먹기 싫었다. 입맛도 없는 데다 시뻘건 김치국밥이 그다지 맛나 보이지도 않았다. 옆집 인영이 엄마는 인영이가 아플 때 바나나와 따뜻한 꿀물을 타 주던데…… .

"야가 머 하노. 팍팍 무라. 그래야 낫제."

그 뒤로도 김치국밥을 얼마나 먹었을까. 내 경험으로는, 적어도 몸살감기에는 어머니의 김치국밥이 직방이었다. 요즘으로 치자면 해열제나 영양제 주사 같은 것이랄까. 이제 어머니는 없지만 살짝 몸살기가 돈다 싶으면 나도 김치국밥부터 끓인다. 남해바다 굵은 멸치로만 다시물을 낸 후 잘 익은 김치 반 포기를 집게로 잡고 가위로 잘게 썰어 넣는다, 그러자면 또, 옴마 목소리가 들린다.

"아이가나, 털피●●처럼 그기 므꼬. 그래가꼬 믄 맛이 나겄노, 짐치는 칼로 쫑쫑쫑 써리 너야 맛나제…… ."

내게, 사투리는 살아생전 어머니 입말이다.

● 김치.
●● 행동이 어수선하고 건성인 모양. 털털한 모양을 이른다.

동생들을 거느리고 산나물을
역수로 많이 해 온 적도 있었다.

박완서, 『그 많던 싱아는 누가 다 먹었을까』

(웅진지식하우스, 2021)

전형적인 소도시 빈민이었다. 셋방살이를 전전하며 예닐곱 살 눈에도 어머니, 아버지는 너무나 고단해 보였다. 나는 말 잘 듣는 아이는 못 되었지만 잘 때마다 이불을 머리끝까지 뒤집어쓰고 간절히 기도하는 아이였다. '애나로 우리 집에 돈이 억수로 많았으몬 좋겠심더. 그라모는 옴마, 아부지가 일을 쪼매 해서 억수로 좋아할 겁니더.' 빌고 빌었다. 기도는 금방 이뤄지지 않았다. 억수로 시간이 지나, 내가 스무 살이 될 무렵에야 우리 집을 가질 수 있었다.

'억수로'는 '굉장히' '매우'라는 의미다. 경상도에서 나고 자란 내게는 굉장히, 매우라는 말은 입말로 쓰기엔 왠지 심심하다. 억수로가 훨씬 확실하다. "산나물을 억수로 많이 해온 적도 있었다"에서 억수로는 '아주 많은 수나 양'의 뜻으로 쓰였다. 경상도에서 실제 쓰일 때는 헤아릴 수 없을 만큼 많은 것도 '억수로'이지만 그 양이 매우 적을 때도 '억수로'였다. 크다 작다, 많다 적다의 최대치를 손쉽게 '억수로'로 표현했다. '억수로 쪼깬하네' '억수로 크네' 하는 말이 있는가 하면 '억수로 적네' '억수로 많네'가 있다. 어떤 감정 상태를 얘기할 때도 우리 동네 사람들은 억수로 좋대이, 억수로 슬펐대이…… 하며 억수로 압축한다.

언젠가 누군가에게 "니 억수로 밉다"라고 말한 적이 있다. 억수로 미운 마음도 시간을 이기지는 못해 다행히 무뎌졌다. 이젠 살아가면서 곁을 내주는 사람들에게 이런 말만 하고 싶다. "내는 니가 억수로 좋대이."

"보이소, 게십니꺼? 보이소,
안 게십니꺼? 보이소,
문 열어 주소."

김동리, 『을화』

(문학사상사, 1986)

"보이소~"라는 말을 자주 쓰고 듣고 자랐다. 이름을 모르는 누군가를 부를 때는 대부분 '보이소~'였다. 특히나 어렸을 때 학교 앞 문구점이나 동네 구멍가게에 갔다가 주인이 없으면 우리는 "보이소, 보이소~"를 외쳤다. 주인이 나올 때까지 애 터지게 보이소를 외쳤다. 그랬던 나는 어른이 된 지금 똑같은 상황에서, 계십니까? 계세요? 하거나 똑똑 문을 두드리고 있다.

다르게 쓰인 경우도 있다. 부부지간에 서로를 부를 때도 보이소, 보소라고 했다. 내 기억 속 어머니가, 아버지가 그랬다. 특별히 살가운 호칭이 없었다. 어머니는 뭔가 못마땅하거나 강하게 주장할 것이 있으면 아버지께 보소, 하며 입을 뗐고, 기분이 좋을 때는 한결 나긋한 억양으로 "보이소~" 하며 불렀다. 아버지를 어떻게 부르는가에 따라 어머니의 다음 할 말과 행동이 예상됐다.

그런데 언젠가부터 어머니가 달라졌다. 어머니는 아버지를 여보, 당신이라 부르기 시작했다. 시골에서 나와 도시살이를 한지 몇 년, 어머니가 사람을 많이 만나는 장사를 하던 무렵이다. 추측하건대 어머니는 그게 '도시 물'이라고 생각했나 보다. 어린 우리들은 덩달아 여보 놀이를 했다. 뒤에서 "여보" 하고 부른 뒤 상대가 돌아보면 "-세요" 하며 킥킥댔다. 어머니는 말년에 긴 병으로 요양원에 계셨다. 마지막 순간까지 "너그 아부지는?" 하며 찾다가 아버지 모습이 보일라치면 "보이소~" 하고 불렀다.

이상도 하지. 그때 어머니의 "보이소"는 너무나 아련하게 들렸다. 마치 바리데기가 오구대왕을 살리기 위해 먼 길을 떠났다가 마침내 저승 문에 닿아 거기 누군가를 불러내던 주술처럼 느껴졌다. 나도 어느새 "보이소~ 보이소~." 애 터지게 누군가를 불러 대던 어린 날 그 심정이 되는 것이다.

모티

김성중 외, 『경상도 걷기여행』

(황금시간, 2012)

오래전 익히 듣던 말이지만 까맣게 잊고 있던 말 중 하나가 '모티'다. 내 부모님은 십수 년을 '모티'에 살았다. 모티는 다른 길로 접어드는 모퉁이, 모롱이를 이르는 말로 특정한 지명이 아니라 어느 마을, 어느 골목에나 있는 것을 가리키는 일반명사인데 그곳에서는 고유한 지명처럼 쓰였다.

젊은 날 도시에 살러 갔던 아버지와 어머니는 막내를 대학에 보낸 1991년 경남 산청으로 귀향했다. 아버지는 마을 입구 언덕배기집을 샀는데 아래위로 예닐곱 집이 있었다. 마을 본동 안에는 안뜸, 정뜸, 몰랑뜸 등 여러 개의 뜸●이 있었는데 본동에서는 마을 입구 뜸을 '모티'라고 불렀다. 모티 사람들은 왠지 얕잡아 부르는 것 같은지 '모티'라고 불리는 걸 싫어했다.

모티 언덕배기집은 햇볕이 잘 들고 풍광이 좋았다. 언덕을 따라 아래채, 본채, 사랑채, 헛간이 차례로 있고 텃밭과 오래된 살구나무, 집 뒤로 병풍처럼 선 대밭이 있었다. 200평이나 되었는데 땅만 넓을 뿐 건물은 오래되어 형편없었다. 아버지는 이사 전 한 달 넘게 수리를 해 집을 싹 뜯어고쳤다. 쪽마루를 복도로 만들고 한쪽에 수세식 화장실과 욕실을 넣고 입식 주방을 만들어 가스레인지며 후드를 넣고 식탁을 놓았다. 마루 끝에는 새시 미닫이문을 달아 냉난방이 되게 했다. 그 산골 마을에서는 처음 있는 일이었다. 금의환향은 아니지만 '내가 이리는 살았제'라는 기세였다. 모티 사람들은 물론 본동 여러 뜸에서 구경 왔다.

사실은 남은 재산을 탈탈 털어 집수리를 했나 싶다. 괭이로 일굴 논밭 하나 없는 귀향이었다. 아버지와 어머니는 그렇게 모티 사람이 되었다. 당신 말마따나 대여섯 권은 족히 넘을 아버지의 서사는 이렇게 1,000자로 갈음된다.

● 한동네 안에서 몇 집씩 따로 한데 모여 있는 구역.

"사람 사는 기이 풀숲의 이슬이고
천년만년 살 것같이 기를을 다지고
집을 짓지마는 많아야 칠십 평생
아니가. 믿을 기이 어더 있노.
늙어서 뱅들어 죽는 거사 용상에
앉은 임금이나 막살이하는 버나
매일반이라. 버사 머어를 믿는
사람은 아니다마는 사는 재미는
사람의 맘속에 있다 그 말이지.
두 활개 치고 훨훨 댕기는 기이
나는 젤 좋더마."

박경리, 『토지』(솔출판사, 1997)

아주 오래된 기억이다. 어머니를 따라 외가에 갔다. 외숙모는 해마다 포도주를 담갔다. 마치 된장, 간장 담그듯이 여름이면 완숙 포도를 상자째 사서 큰 항아리에 소주를 붓고 깨끗이 씻은 포도를 들이부었다. 두어 달이 지나 포도알을 건져내고 걸러내는 작업을 했는데 우리가 간 날이 바로 그날이었다. 여럿이 하니 일이랄 것도 없었다. 후다닥 끝내고 마루에 둘러앉아 건져낸 포도알을 하나씩 집어 먹으며 여인네들의 수다는 끝이 없었다. 대여섯 살이던 나는 어른들 틈에 끼여 하나씩 포도알을 집어 먹었다. 술항아리에서 진액이 다 빠진 것임에도 달큰하고 또 달큰했나 보다. 도대체 얼마를 먹었던 걸까.

기억하는 것은 연결되지 않는 몇 장면이다. 비틀대고 돌아다니며 노래를 부르다가 퍼질러 앉아 엉엉 울다가 다시 노래를 부르고 춤을 추다가…… 마당 한가운데 활개를 펴고 누웠다. 어른들은 어린아이가 포도알 몇 개에 취해 그러는 게 재미있었는지 박수치며 웃고 즐거워했다. 나의 첫 주사는 참으로 요란했고 두고두고 집안 얘깃거리가 됐다. 어른이 된 뒤 외가 친지들은 "인자 술 좀 묵제?"라며 장난스럽게 말을 걸었다.

대하소설 『토지』1부 1편 7장에는 용이가 떠돌이 곰보 목수 윤보의 집을 찾아가 같이 술잔을 기울인다. 동학운동에도 가담했던 윤보는 세상눈이 어두운 용이에게 "두 활개 치고 훨훨 댕기는 기이 나는 젤 좋더마"라고 말한다. 내게는 어린 시절 아주 짧았던 그 순간이 "두 활개 치고"로 박혀 있다. 천지를 몰라 거침없던 아이는 이제 없다. 세상 속에서 먹이 활동을 하는 동안 불행히도 두 팔과 두 다리는 묶이고 사방 천지 조심스러움만 남았다. '사는 재미는 사람의 맘속에 달렸다'고 여기기엔 눈앞의 현실이 녹록지 않다. 믿을 기이 어디 있노 싶다.

만년구짜

장일영·조규태·이창수, 『진주사투리사전』

(진주문화관광재단, 2021)

만년구짜는 '호랑이 빤스' 같은 것을 말한다. 오래오래 몇천 년을 입어도 까딱없을 그런 것. 대체로 이런 물건은 질기고 튼튼하기만 할 뿐 색깔이나 디자인은 아무리 봐도 눈길 가는 데가 없다.

어머니는 만년구짜를 좋아했다. 한번 사면 잃어버리지 않는 한 평생 쓸 만한 것. 때가 타거나 질려서 버린다는 건 어머니에겐 어림 반 푼어치도 없는 일이었다. 쉽사리 찢어지거나 닳기라도 하면 "이런 걸 팔다니! 순 사기꾼아이가"라곤 하셨다. 오래도록 멀쩡하기만 하면 무조건 최고로 쳤다. 내리 딸 넷을 낳고 막둥이 아들을 낳은 우리 집을 동네서는 딸 부잣집이라고 했다. 사실 그 시절엔 제법 흔한 일이었다. 아들을 낳을 때까지 낳다 보니 딸이 일고여덟인 집도 있었고.

그 시절에는 설 명절에야 새 옷, 새 신발을 가질 수 있었다. 우리는 '설칠(설빔)'이라고 했다. 어머니는 설칠로 우리 자매들의 옷이나 신발을 사 왔다. 우리의 환호는 곧 실망으로 바뀌었지만. "딴 걸로 바꿔 주이소"라는 소리가 나올 정도였다. 그럴 때마다 어머니는 또 왠지 모르게 미안해하며 "이기 에나로 만년구짜아이가(이게 진짜로 오래 쓸 수 있는 거다)" 하며 우리를 살살 구슬리는 것이었다. 딸들을 '우리 공주들'이라고 부르면서도 가난한 어머니는 공주 옷을 사줄 수는 없었다. 한 번 사면 두고두고 쓸 수 있는 '호랑이 빤스' 같은 것만 매번 우리 앞에 내밀었다.

어머니를 떠올리는 사투리 중 하나가 '만년구짜'이다. 진주 사람들은 이 말을 진주에서만 쓴다고 하지만 이웃 전라도에서도 쓴단다. 더욱이 물건만이 아니라 변함없이 오래오래 두고 보는 사람도 '만년구짜'라고 한다는데 나는 사람을 두고 칭하는 건 들어 보지 못했다. 기술이 좋아져 제때 썩지도 않는 만년구짜 물건은 잘도 만들지만 만년구짜 사람은 점점 보기 힘들어졌나 보다.

"딸래미 치알 때 고물쟁이
딸이라 칼까 봐 그기 젤 맘이
쓰입너더."

박선미, 『언젠가 새촙던 봄날』

(상추쌈, 2017)

딸은 왜 '치운다'고 했을까. 치우다는 다른 장소로 옮긴다는 뜻으로 어감상 짐스럽거나 불편한 것을 눈에 안 띄도록 옮긴다는 느낌이 크다. 그래도 딸이 좋은 사람을 만나 부모를 떠나게 된 것을 '치운다'고 말할 때는 겸양의 표현인 걸까.

딸 치우는 게 쉽지가 않았던 우리 어머니가 생각난다. 1990년대 초중반, 그때는 여성들이 서른을 넘기지 않고 결혼을 했다. 우리 집에는 나이가 서른 안팎인 세 딸이 줄줄이 미혼으로 있었다. 친지들이 "인자 딸들 치아야제"라며 한마디씩 얹어도 혼자 애를 끓을지언정 늘 활달하게 웃던 어머니였는데 언젠가 한번은 어머니가 단단히 화가 나 있었다. 무슨 일이냐 묻자마자 한차례 마을 아지매 욕이 쏟아졌다. 마을회관에서 점심을 먹고 치우는데 한 아지매가 "금산띠기는 딸 셋이 저래 있는데 웃고 댕길 정신이 있으까? 어매라는 사람이 말여 딸 치울 생각을 해야제" 했단다. 피가 거꾸로 솟는 것 같았지만 못 들은 척하고 얼른 집으로 돌아왔는데 분하고 원통해서 속이 가라앉지 않는다고 했다.

급기야 내게도 불똥이 튀었다. "근디 우리 딸들은 와 이라꼬? 너그 딸내미들은 직장 잡으면 잘도 가더만 야들은 줄줄이 이래가꼬 있으니. 다들 지 밥벌이 하겠다, 사지육신 멀쩡한데 와 안 가노? 너그 에미 속이 속이 아이다." 어머니가 어지간해서 하지 않던 말이었다. 다행히 그 뒤 딸 둘은 차례로 결혼했다. 어머니는 "둘은 치았고 인자 하나 남은 어매"가 되었다.

『언젠가 새촙던 봄날』은 펼치기도 전에 제목에 이미 마음을 뺏긴 책이다. 새촙다, 새촙다는 경상도에서 흔히 쓰는 입말이다. 쌀쌀맞으면서 얌전하다는 뜻의 '새초롬하다'와 헷갈리기 쉬운데 '새촙다'는 작고 예쁜 상태를 말한다. 논밭에 뿌린 씨앗들이 움틀 때 농부는 "이리 새촙은 기 참말 장하다"라고 말한다. 세상의 모든 것들에는 새촙은 시절이 있다. 우리에게도.

퍼뜩 먹으시더.

신동근,『호랑이 뱃속 잔치』

(사계절, 2007)

경상국립대학교 가좌캠퍼스. 청춘의 한 시절, 이곳에 시인 허수경이 있었고 두 해 후배인 내가 있었다. 그의 시 「국립 경상대학교」에서 "대가 없는 땀과 역사 속에/대가 있는 철창과 현실 속에/취직은 진리보다 멀고 진리는/내 살붙이들의 뼈를 갈았네"를 읽으면 퍼뜩 그 시절로 돌아간다.

　　하루 중 우리의 식사는 점심시간 문이 닫히는 오후 2시 직전. 밥값이 넉넉지 않은 우리는 점심인 듯 저녁인 듯 먹었다. 당시 학생회관 중앙식당 국수는 300원, 밥은 500원이었다. 우리는 식판에 밥을 눌러 담고 고깃덩어리가 하나도 없는 멀건 김치찌개를 한가득 담았다. 휑한 식당에서 끝없이 이야기를 나누며 오래오래 먹었다. 그러다가 설거지통의 그릇들이 우당탕 쏟아지는 소리가 들리면 서로 "치우는갑다. 퍼뜩 무라"라며 숟가락질이 바빠졌다. 우리는 쫓기듯 배를 채워야 했다.

　　그렇다고 우리가 각별한 사이였던 건 아니다. 다만 그이는 다정스러운 사람인지라 내게 먼저 말을 건네 왔을 뿐이다. 대학을 졸업하던 해, 『실천문학』으로 등단한 그는 그해 하반기 서울로 가 라디오 방송작가로 밥벌이를 했고, 끼니를 굶어 가며 독일문화원을 다니더니 5~6년 뒤에는 고고학 공부를 하겠다며 독일 뮌스터로 떠났다. 그리고 몇 번 고향에 왔던가. 내가 그를 마지막으로 본 건 2002년쯤이었던 것 같다. 그리고 그는 2018년 10월 3일, 고향보다 더 오래 살았던 그곳 뮌스터에 묻혔다.

　　시인 허수경의 추모 6주기(2024)를 앞두고 그와의 옛일들이 슬라이드처럼 넘어간다. 한 시절을 달려 오늘에 닿았지만 그이는 먼지가 됐고 나는 이미 녹슬었다. 잠잠히 오랜 상처도 늙어 간다. 시간은, 우리들 모르게 펴내끼(빨리) 지나갔다.

그 강가에는 봄이, 여름이,
가을이, 겨울이 나의 나이와 함께
여러 번 댕겨갔다.

김연수, 「7번국도에서 자전거 타기」

『7번국도 Revisited』(문학동네, 2010)

마구 소리를 지르며 울었나 보다. 잠에서 깨니 목이 잠기고 눈물이 채 마르지 않았다. 어떤 꿈을 꾸었던 걸까. 아무리 애를 써도 떠오르지는 않는다. 뭔가 가슴을 짓누른다. 가끔 내 잠에는 누군가가 댕겨간다. 나는 댕겨가는 누군가를 만나지 못한다. 그런 날이면 자면서도 엉엉 울었다. 기다림이 허망하고 서러워서 제풀에 우는 것이다. '댕겨가는(다녀가는)' 건 늘 이런 것이다. 차마 잡을 수 없이 바라만 보거나 몰래 왔다가 가버린다. 댕겨오다, 댕겨왔다가 아니다. 댕겨오는 건 원점으로의 회귀이고 누군가의 기다림이 가서 닿은 말이다.

그래서일까. 소설가 김연수는 자신도 가끔 김기림의 시 「길」을 흉내 내 "그 강가에는 봄이, 여름이, 가을이, 겨울이 나의 나이와 함께 여러 번 댕겨갔다"라고 혼자 노래 부를 때가 있다며 "댕겨가는 것들의 절망은 그런 것이다. 우리는 이제 영영 다시 만날 수 없다"라고 했다. 나는 김기림의 시구절보다 김연수가 풀어놓은 "댕겨가는 것들의 절망"에 꽂히고 말았다. 아니 사실은 댕겨가는 것들의 절망은 헤아려지지 않았다. 다만 수없이 댕겨가고 이제 영영 다시 만날 수 없는 댕겨간 것들의 흔적을 바라만 보는, 남은 자의 지독한 열망에 내내 마음이 저렸다.

시인 허수경은 그래서 잊혀진 상처의 늙은 자리는 환하다고 읊조렸을까. 「공터의 사랑」에서 허 시인은 "썩었는가 사랑아/ 사랑은 나를 버리고 그대에게로 간다"라며 애달픈 마음을 노래했다. 어딘지 모를 길 한가운데서 버려지기보다는 때로는 '댕겨오는 것들'을 다정하게 혹은 격렬하게 맞이하고 싶다.

……그래요, 당신. 댕겨와요, 꼭요.

권

보소 어매 이제는 가야 할랑갑다

허수경, 「남강시편5」 『슬픔만 한 거름이 어디 있으랴』(실천문학사, 2005)

어머니를 일컫는 말은 참 여러 가지다. 내가 자란 경상도 남쪽에서는 옴마, 엄니, 어매, 에미라 했다. 동네마다 다르기도 하고 사람마다 다르기도 하다. 내 경우는 어렸을 때는 옴마라 했다가 표준어 교육의 영향으로 자라면서 한 시절 엄마라 했다가 나이 마흔이 넘어서야 다시 옴마, 엄니를 찾을 수 있었다.

시인 허수경의 첫 시집에는 어머니를 일컫는 말이 몇 가지가 있다.「남강시편5」에서는 어매,「땡볕」에서는 엄니,「원폭수첩 4」에서는 에미다. 시인의 어머니는 이들 시 속의 어머니가 아니다. 하지만 또 시인의 어머니이기도 했다.

2024년 9월 13일 시인 허수경의 모친이 아흔다섯의 일기로 타계했다. 시인은 어머니보다 몇 해 앞서갔다. 그는 2018년 독일에서 생을 마감했다. 쉰넷, 이른 나이였다. 그즈음 아주 오래전에 뵀던 시인의 어머니를 찾았었다. 남편보다 딸보다 오래 살아 외로웠던 어머니께는 시인으로 또 고대근동고고학 학자로 이름을 떨친 딸이 당신의 자존심이고 삶의 영광이었을 게다.

그런데 그 딸이, 다정한 이별 인사 한마디 없이 가 버린 것이다. 느닷없이 딸을 잃은 어머니의 슬픔은 이루 말할 수 없었다. 대여섯 차례 찾아갈 때마다 "우리 수경이"를 찾았다. 어느 날은 소리를 죽이며 아주 길게 흐느꼈다. 새끼고양이처럼 웅크려 고개를 들지 않았다. "보소 어매 이제는 가야 할랑갑다." 스물다섯 살, 청춘의 한 시절 딸이 첫 시집에서 읊었던 말은 시인이 가고 난 뒤 어머니 가슴에 모래 위 새 발자국처럼 콕콕 찍혔다.

하지만 어매여, 지금쯤이면 먼저 가 있던 딸을 만났겠지요. 그 다정했던 시인은 벌써부터 마중 나와 있다가 "보소 어매캉 내캉 인자 천지 사방으로 훨훨 댕기야 할랑갑다" 하며 구부정한 어매 등허리를 껴안고 먼저 길을 잡겠지요.

노는 날도 없이
한평생 쎄가 빠지게 철공일
했던 생야
꼴랑 수당 몇 푼 더 받을끼라고
새벽별 뜬 저 산 만데이 전주고
날마다 일 나갔던 생야
우야꼬 인자 우짜꼬

김종해, 「우야꼬 인자 우짜꼬」 『봄꿈을 꾸며』

(문학세계사, 2010)

슬픔에 공감하는 경상도만의 추임새가 있다면 바로 '우야꼬'가 아닐까. 가까운 이가 손쓰기 힘든 병에 걸리거나 세상을 떠났을 때, 병원이나 장례식장에서 경상도 어른들이 가장 많이 쓰는 말이 바로 '우야꼬' '우짜꼬'일 것이다. 우야꼬에는 많은 의미가 담겨 있다. 현재 일어난 일에 대한 체념과 남은 이들에 대한 걱정, 슬픔의 감정이 모두 뒤섞인 말이다. 눈시울을 훔치고 발을 동동 구르며, 울음과 울음 사이에 쥐어짜듯 나오는 말이기도 하다. 그 한탄의 말을 조금만 비틀어 쓰면 무시와 버팀의 말로 변한다. "우야라꼬" "우짜라꼬"는 네가 어떻게 하든 상관없으니 나는 내 맘대로 하겠다는 뜻이다. 싸울 때 흔히 내뱉는 말이다.

김종해 시인은 어린 시절 부산 남부민동에 살았다. 피난민들이 많이 모여 살던 곳으로, 크고 작은 조선소가 모여 있는 영도가 내려다보이던 동네다. 조선소에서 일하는 사람도 많아 1980년대까지만 해도 영화를 누렸다. 하지만 남부민동뿐만 아니라 영도와 주변 지역이 조선업의 몰락과 함께 사람들도 떠나며 쇠락했다. 영도 봉산마을을 찾았을 때 어떻게 이런 까꼬막에 집을 지었을까 놀랐고, 수많은 빈집을 보고 한 번 더 놀랐다. 마을을 다시 살리기 위한 도시재생사업에 많은 노력을 기울이고 있었지만 마을 주민 대부분 고령인 탓에 성과를 내기가 쉽지 않아 보였다. 한때 조선소로 출근하던 청년 용접공들은 모두 사라지고, 서서히 지역은 소멸하고 있었다.

평생 쇠를 다루는 노동자로 살았던 시인의 큰 형은 동생들이 잠든 사이 새벽같이 영도 조선소로 일을 나갔을 것이다. 그 일을 천직으로 생각하고 평생을 살았을 테고. 그렇게 용접공으로 고생만 하다 간 친형의 죽음 앞에 시인은 "우야꼬 인자 우짜꼬" 목놓아 운다.

"형그이 서울말 쓴다 카대,
아 베러뿟다."

「나의 이중언어 생활 고백기」『한겨레』

2022년 5월 10일 자

초등학교 다닐 때 방학 때마다 서울에 있던 부모님께 갔었다. 부모님은 서울 독산동에서 니트 공장을 4년 정도 운영하셨다. 하동에서 외할머니와 지내다 방학이 되면 서울로 부모님을 만나러 갔다. 서울에 가는 건 행복했지만 지하에 자리 잡은 공장에서 니트를 포장하는 일을 도와드려야 했기에 다시 하동으로 돌아가고 싶은 마음이 항상 절반쯤 차 있었다. 잔심부름도 도맡아야 했는데 슈퍼에 가서 물건을 사 오는 게 곤욕이었다. 계산대에 앉아 있는 주인아주머니께 이것저것 사투리로 주문하는 일이 어린 마음에 얼마나 부끄러웠는지. 지금도 이 말은 생생히 기억한다. 내가 평생 느낀 부끄러움 3할 정도는 이 말을 내뱉었을 때 느꼈던 듯.

"비니루 뽕다리 좀 주이소."

아주머니는 '당연히' 이 말을 알아듣지 못했고 나는 '비니루 뽕다리'를 반복했다. '비닐봉지'는 내가 사는 곳에선 한 번도 써 본 적이 없는 말이었다. 그날 이후 아주머니는 내가 갈 때마다 "비니루 뽕다리 줄까" 하고 놀리셨다.

그런데 놀림은 여기서 끝나지 않았다. 더 큰 문제는 하동으로 돌아와서 친구들에게 더 쎈 놀림을 받는 것이었다. 친구들은 내게 '가시나 같은 서울말을 쓴다'고 구박했다. 부끄러움 탓에 서울에선 거의 입을 열지 않았으니 나의 사투리가 한 달 남짓 사이에 서울말로 변할 리도 없었지만, 친구들의 놀림은 꽤 심했다. 짧은 기간이었지만 '이중 언어생활'을 경험했다. 사회학자 조형근의 고백처럼 나도 "서울말 쓰는 걸 영혼의 타락쯤으로 여기는 경상도 남자"였기에 혹시나 서울말이 조금이라도 튀어나올까 봐 조심했다. 하나 지금은 사투리든 서울말이든 어디 말을 쓰든 효율적인 소통이 우선인 경상도 남자라고나 할까.

짜달시러● 따지는 형제도 없어
이께 집안 대소사는 내 쪼대로
해도 된다.

「경상도 사투리를 간직해 주꾸마」『경북매일』

2020년 7월 5일 자

"제사도 간소하게 줄이고 명절 때는 고마 알아서 노는 건 어떨까?" 동생에게 진지하게 말했다. "행님아 니 또 귀찮아서 그러제. 으이그, 쫌 고마해라."

권리는 없고 의무만 있는 장손으로 고향에 살고 있으니 집안 대소사에서 자유로울 수가 없다. 제사도 벌초도 의무라서 지금은 군말 없이 하지만 언젠가는 모두 사라질 풍습이라 생각한다. 먹을 사람도 없는데 제사 음식을 무리해서 장만하는 것도 낭비고 후손들이 찾기도 힘든 곳에 있는 묘를 관리하는 것도 무리다. 따지는 사람이 없었으면 진즉 제사도 줄이고 집안 대소사도 정리했을 것이다.

하지만 효심도 집안 생각도 지극한 동생과 엄격한 어르신들 앞에선 꼼짝할 수가 없다. 속을 내비치는 순간 욕먹을 각오를 해야 한다. 현재 40~50대는 옛 관습의 끝자락을 이러지도 저러지도 못하고 어쩔 수 없이 부여잡고 있는 마지막 세대인 듯싶다. 옛 것을 지키는 일에 마음은 떠났지만 아직 관습에서 자유롭지는 못하기에 스트레스를 받을 수밖에 없는 낀 세대다.

"굽은 소나무가 선산 지킨다"라는 속담이 맞다. 똑똑하고 능력 있는 후손들은 고향을 떠나 다들 멀리서 살고, 나나 동생처럼 그럭저럭 밥벌이하며 크게 잘난 것 없는 자손은 고향에 머물며 집안 대소사를 챙길 수밖에 없다. 문제는 워낙 손이 귀해 우리가 집안의 막내나 마찬가지라는 사실이다. 손이 귀한 건 이제 여느 집 모두가 겪는 일이 되었다. 늦은 나이가 되도록 미혼(혹은 비혼)이거나 아이를 낳지 않는 경우가 많으니 자손이 줄어 집안이란 개념도 희미해지고 집안사람들이 모두 모이는 일도 드물어진다.

● 그다지.

울 엄마는 카드라
"만다꼬 서울뻥 걸러가 지랄하고
자빠짓노, 이 빙시야!"
니는 "엄마야가 머 아노?
머스마한텐 스울이 지긴다!"
이카고 나온기 및 날이고?

탐쓴·MC 메타 가사, 탐쓴 노래,
「역전포차」(2022)

대학 졸업을 앞둔 첫째에게 말했다. "꼭 서울 갈 필요 있나. 진주나 근처에 댕길 만한 곳이 있으면 고마 여기 있는 기 낫지." 첫째의 반응은 당연히 서울 말고는 답이 없다는 것이었다. 서울 직장살이의 고단함을 이야기해 봐도 첫째에겐 전혀 통하지 않았다.

그때를 되돌아보면 가장 큰 문제는 주거였다. 10년 동안 서울살이를 하며 5년 넘게 친구와 선배네 집에 얹혀 살았고, 나머지 기간도 제대로 뿌리내리지 못한 채 떠돌았다. 월급에서 주거비와 교통비는 큰 비중을 차지했고, 교통비를 줄이기 위해 자전거로 출퇴근(일산 행신동에서 광화문까지)하는 경우도 많았다. 비용도 문제였지만 사실 버스를 타기 싫은 이유가 더 컸다. 출퇴근 시간대 일산과 서울을 오가는 1000번 광역 버스는 지옥에 가까웠다. 겨우 비집고 올라탄 출근 만원 버스에서 이미 하루에 쓸 에너지의 절반이 소진되는 느낌이었다. 나는 누구고 여기에서 왜 이러고 있는가, 존재 이유를 묻게 되는 시간이기도 했다. 그런 경험을 아이도 하게 내버려 둘 수는 없는 노릇 아닌가.

하지만 현실을 생각하면 서울로 가는 것은 어쩔 수 없는 선택이기도 하다. 떠나기 싫었지만 나도 고향에서 일할 곳을 찾지 못해서 올라간 것이고, 아무리 남고 싶다고 한들 일자리가 없다면 떠날 수밖에 없는 것이 현실이다. 젊은이들이 '서울뼝(병)'이 걸려서 올라가는 것은 아니다. 여기에서는 찾기도 힘든 기회가 서울에는 차고 넘치게 모여 있는 것 같으니 '갈 수밖에' 없는 것이다. 많이 가진 곳에서 주머니를 풀지 않는 이상 없는 곳은 계속 야위어 간다. 기 빨려 껍디(껍데기, 껍질)만 남아도, 벌게이맨치로(벌레처럼) 살아도 고향을 떠난 젊은이들이 서울을 쉽게 벗어날 수 없다는 사실이 마음 아프다.

어마야, 이기 무신일이고
가시개로 끄내기를 짜르고
보루박구를 열었더마는
모터 있는 꿀깡 지렁도 꺼꿀고

한국시인협회 엮음, 구순희 「우끼는 택배」,
『니 언제 시건 들래?』(시로여는세상, 2008)

"진주는 쿠팡 로켓 프레시가 안 되어서 슬퍼요." 하소연하는 글을 읽고 그게 그렇게 슬픈 일인가 싶었다. 여전히 쿠팡도 배달의민족도 사용하지 않지만 지금껏 잘 버티고(?) 있다. 책도 동네서점(진주문고)에서 구입하고 먹거리는 동네 마트나 시장을 이용한다. 동네에서 구할 수 없는 물건이면 당근마켓으로 중고를 구할 수 있는지 확인하고, 그래도 없어야 온라인으로 주문한다. 이렇게까지 하는 이유는 시장을 독점하고 있는 대기업의 손바닥에서 놀고 싶지 않은 마음 탓이다. 하지만 언젠가는 그들이 주는 편리함 앞에 무릎 꿇을 것이라는 걸 안다.

사실 나만 버티고 있을 뿐이지 식구들은 모두 쿠팡도 배달의민족도 사용한다. 진주를 떠나 타지의 대학에 진학한 아이들도 쿠팡 로켓 프레시, 마켓컬리 같은 온라인 장보기 채널로 계란이나 반찬, 신선식품을 주문해서 먹는 게 너무 편하단다. 굳이 집에서 바리바리 싸서 택배를 보낼 필요가 없다고. 그리고 집에 와선 "로켓 프레시가 안 되는 곳은 시골"이라며 입을 모아 불평했다. 물론 나는 이 말에 동의할 수 없다. 서부 경남의 중심지인 진주가 시골이라니.

서울에서 직장 다닐 때 가끔 고향에서 오는 택배를 받을 때면 행복했다. 보루박꾸(상자)를 열었을 때 생각지도 않았던 반찬이나 제철 과일이라도 들어 있으면 에너지가 충전되는 기분이었다. 물론 국물이 터지거나 과일이 물크러지는 참사가 일어난 때는 난감했지만. 구순희 시인도 반가운 마음으로 택배 상자를 열었는데 들어 있던 물건들이 난장이 되었던 모양이다. 가위(가시개)로 끈(끄내끼)을 자르고 상자를 열었더니 구석(모티)에 있는 꿀이랑 간장(지렁)이 거꾸로 뒤집혀 있었으니 엄마야, 하며 놀랐겠지.

"박 스앵-님! 성국이 할애비
왔너더. ● 창식이 뿌父도요."

노익상, 『가난한 이의 살림집』

(청어람미디어, 2010)

강화도 불은면의 폐교(신성초등학교) 관사에서 1년쯤 산 적 있다. 방 둘, 화장실 하나가 딸린 조그만 건물이었고, 방 하나 크기는 세 평(10제곱미터) 남짓이었다.

폐교는 나의 모교인 신흥초등학교를 그대로 옮겨 놓은 듯했다. 경남 하동군 북천면 사평리 들판 한가운데 있던 내 모교는 1992년 문을 닫았다. 내가 졸업할 무렵(1987년) 입학생이 4명이었던 걸로 기억한다. 이미 그때 학교가 곧 없어질 거란 걸 짐작했던 것 같다. 주말에도 관사 앞에 가서 "스앵-님~ 스앵-님!" 하고 부르며 집에 가지 못하신 선생님을 자주 귀찮게 했다. 종종 감자며 옥수수를 선생님께 가져다드리곤 했는데 그러면 선생님께선 곧 우리를 다시 부르셨다. "얘들아, 옥수수 쪘다. 퍼뜩 온나." 그러면 달려가 찐 감자와 옥수수를 호호 불며 먹었다. 그런 시절이었다. 그때는 '스앵-님'이 지내시던 관사가 그렇게 넓고 좋아 보였다. 언제나 우리를 따뜻하게 품어 주셨던 여현모 선생님(4학년 때 담임 선생님이셨다)이 학교를 떠나시자 이듬해 친구들과 삼십 리 길을 걸어서 선생님을 찾아뵙기도 했다.

사진가 노익상이 취재를 위해 찾았던 경북 산골 어디에 있는 분교도 신성초등학교나 신흥초등학교 같았을 테다. 멀리 가족을 두고 아이들을 가르치느라 사택에 사는 선생님은 마을 사람들에겐 존경의 대상이기도 했고, 가까운 이웃이기도 했다. 두메산골 분교를 불쑥 찾아온 도회지 사진가가 반가워 마을 학부모들까지 불러 작은 잔치를 벌였던 선생님의 외로움은 얼마나 깊었을까. 이젠 '스앵-님'도 분교도 아이들도 모두 사라지고, 사진가의 오래된 필름과 추억 속에서만 존재하는 풍경과 이야기일 뿐이다.

● '-니더'는 '-ㅂ니다'의 뜻으로, 경북 내륙지방에서 흔히 쓰는 종결어미다.

"아이고, 재구 대럼● 아이가.
아이고 우짜끼나, 어젯밤에
돌깡●●에 오줌 눗께. 가만히
있자아, 소금을 머러에
끼었는 것보다는 소금 들은
죽이나 한 그륵 묵어라." 하고
죽 한 그릇을 퍼준다. 죽솥의
죽을 젓고 있던 끝난이 아지매는,
"아이고 우얏꼬. 고놈의 꼬치가
실수를 했구마. 아이고, 고 꼬치."

안재구, 『할배, 왜놈소는 조선소랑 우는 것도
다른강?』(돌베개, 1997)

긴밤 이부자리에 오줌을 싼 벌로 머리에 키를 뒤집어쓰고 이웃 집으로 소금 얻으러 다니는 풍경을 이제는 볼 수 없다. 만약 요즘 세상에 아이에게 이런 일을 시킨다면 아동학대로 신고당할 수도 있지 않을까. 하지만 어린 시절 시골에선 어렵지 않게 볼 수 있는 장면이었다. 농사일도 바쁜데 아이가 이런 실수를 하면 홑청을 뜯어 빨래하고 이불을 말리는 일이 얼마나 번거로웠을까. 장마철이나 겨울이라면 더 힘든 노동이었을 것이다. 윤동주 시인의 동생(남동생 두 명과 여동생 한 명이 있었다)도 그런 일이 잦았을까. 동시 「오줌싸개 지도」를 남기기도 했다. "빨랫줄에 걸어 논/ 요에다 그린 지도/ 지난밤에 내 동생/ 오줌 싸 그린 지도"

한두 번이야 집에서 야단을 쳤겠지만 자주 되풀이되면 톡톡히 창피를 당하게 만들어 긴장해서라도 오줌을 안 싸도록 가르치고 싶은 마음이지 않았을까. 그런데 오줌싸개 아이에게 필요한 물건이 왜 하필 키와 소금이었을까. 바람의 힘을 빌려 곡식의 알곡을 선별하는 농기구 '키'와 귀신(나쁜 기운)을 몰아내는 힘이 있다고 믿던 '소금'은 아이가 시간과 장소에 따라 소변을 잘 가리고 밤에 나쁜 꿈에 시달리지 않도록 돕는 주술적 도구이지 않았을까 싶다.

기억을 되살려 보면 '오줌싸개' 동네 꼬맹이들이 찾는 집은 거의 정해져 있었던 듯하다. 동네에서 가장 나이 많은 어르신이 계신 집이다. 그리고 여자아이가 소금을 얻으러 다니는 경우는 거의 본 적이 없다. 주로 동네에서 유별난 개구쟁이들의 몫이었던 듯하다. 안재구 작가의 추억처럼 그 집 밥때에 맞춰 찾았다면 한 끼 얻어먹는 일도 예사였다.

● 도련님.
●● 도랑.

그해 가을에 팥을, 농사는
그키● 안 짓고 쪼마큼 해가지고,
시어맛넘 까부고 나안 앉아서
흘렀는 거 줍고 그라는데
그 어른이 부잣집서 커 가지고
키질을 모하싰거든.●● 그래 사랑
어른이 이캐 웃으시믄서 "아이고
메느러 시어마이 똑같구나. 둘이가
키질을 못해 가지고" 그래시든
생각이 나.

구술 성춘식, 편집 신경란, 『뿌리깊은나무

민중자서전8: 이부자리 피이 놓고 암만 바래도 안

와』(뿌리깊은나무, 1992)

한창기 선생만큼 사투리를 아낀 사람이 있을까. 『뿌리깊은 나무』의 「민중자서전」은 사투리의 보고다. 한창기 선생은 잡지 『뿌리깊은 나무』를 창간하며 이렇게 썼다. "『뿌리깊은 나무』는 우리 문화의 바탕이 토박이 문화라고 믿습니다. …… 무엇보다 우리 문화가 세계 문화의 한 갈래로서 씩씩하게 자라야 세계 문화가 더욱 발전한다고 생각합니다." 그는 순우리말잡지 『뿌리깊은 나무』를 창간했고 이후 월간 『샘이깊은물』, 종합 인문지리지 「한국의 발견」 외에도 「민중자서전」 「판소리」 「숨어사는 외톨박이」 시리즈 등을 통해 민요, 민담, 민화, 굿 등 사람들이 관심을 갖지 않았던 민중의 사는 이야기와 우리 문화를 찾아 실었다.

'민중자서전 시리즈'는 모두 스무 권이다. 제암리 학살사건의 최후 증인 전동례부터 궁궐 건축의 전통 기술을 이어받은 마지막 조선목수 배희한, 마지막 남은 보부상 유진룡, 가야금 명인 함동정월 등 모두 스무 명의 인생사를 듣고 입말 그대로 옮긴 자서전이다. 1981년부터 기록을 시작해 1992년에야 마지막 권이 나왔다. 남한의 각 지방 방언을 쓰는 어르신들의 이야기를 싣고 북한 방언을 쓰는 어르신들의 삶도 기록할 계획이었지만 20권에서 그쳤다. 그나마 6권 이후부턴 미원그룹(현 대상그룹)의 지원을 받고서야 출간할 수 있었던 시리즈다.

8권을 구술한 성춘식 님은 영남반가의 며느리로 지아비만 바라보고 살았다. 시부모님을 모시고, 집 떠난 남편을 기다리며 인고의 세월을 보냈다. 어느 해 가을 팥 농사를 지어 수확하곤 마당에서 서툰 키질을 하던 시어머니와 그걸 물끄러미 바라보며 웃던 시아버지의 모습을 기억 속에서 되살렸다.

● 그다지. 그렇게까지.

● 못하셨거든.

"박 주사, 잘 지내요?"
"예, 관장님도 잘 계시지예.
신문에 글 쓰는 거 보면
반가워예. 오늘도 났데예."
"그랬군요. 개복숭아는 잘 커요."
"잘 큽너더. 한번 오시이소.
근데예, 관장님방 창밖에 있던
늙은 개복숭아가 저작년에
죽었다 아닙너까. 가물어서예."

유홍준, 『나의 문화유산답사기 6』

(창비, 2011)

대화의 주인공 박 주사는 영남대학교 박물관에서 일하는 박삼수 님이다. 그의 고향은 합천댐 수몰 지역인 봉산면 개포리다. 합천 댐은 진주와 가까워 자주 찾는 곳이다. 진주에서 33번 국도를 타고 합천읍으로 가서 1034, 1089, 60번 지방도를 따라 합천호와 황매산을 돌아오는 코스는 언제 가도 고즈넉하고 아름답다. 어디든 길을 가다 어떤 인물의 고향인 표지판을 보면 반가운 마음이 든다. 박삼수 님은 『나의 문화유산답사기 6』에서 어떤 초목이든 잘 키우는 사람으로 등장하는데 나는 현실과 떨어져 지식만 쌓은 사람보다 이런 분을 더 존경한다. 머리보다 손과 발로 무엇이든 척척 고치고 키우고 만들어 내는 사람들의 곁에서 함께 일해 보면 일머리가 무엇인지 몸으로 깨닫게 된다.

말끝에 '-예'를 붙이는 지역은 주로 진주를 경계로 하동, 산청, 합천 등 서쪽이다. 하동에 살 때는 경어체로 "-하이소예" 하고 말했고 진주에 살 때는 "-하이소"까지만 말했다. 하동에서 진주로 나갈 때마다 '-예'를 빼고 말해야 한다는 강박이 있었다. 할아버지께 "진지 드시러 오시지예"라고 말씀드리면 어디서 배워 먹은 말버릇이냐고 야단을 맞았다. "진지 드시러 오이소"라고 해야 한다며 꾸짖으셨다. 할아버지께선 "'-예'는 상것이나 붙이는 말투"라고 하셨는데, 좁은 지역 안에서도 중앙과 변경을 구분해 계급을 나누던 증거였다. 교통과 통신이 발달하지 않았던 예전에는 차별이 더 심했으리라. 서울과 지방을 차별했을 것은 더 말할 것도 없고.

"왜 이름이 돌●섬이고?"
"돼지섬이라고 해서
돌섬이라카데."
"돼지라꼬? 생긴 건 오러
닮았는데 무신 돼지고."
"오러는 아니고 고래 닮았지.
어쨌든 돼지는 아니다."

김대홍, 『마산·진해·창원』

(가지출판사, 2018)

마산 돝섬유원지, 창녕 부곡하와이, 양산 통도환타지아, 경주 보문관광단지…… 한때 사람들로 북적였던 경상도의 이름난 관광지들이지만 현재는 지방 소멸의 현주소를 그대로 보여 주는 장소로 전락했다. 어딜 가도 옛 영화는 찾을 수 없고 쓸쓸한 풍경만 펼쳐진다. 사람도 기업도 모두 서울과 수도권으로만 몰리니 지역은 점점 야위어 가고 있다.

그런데 단지 사람만 줄어드는 것이 아니라 말도, 문화도, 기억하고 기록해야 할 것도 빠르게 사라지고 있다. 폐허가 되었거나 인적 드문 지역 관광지를 지날 때면 그 소멸 속도가 너무 빨라 대응조차 못하고 붕괴하고 있는 것 아닌가, 두려울 정도다. 정부는 수도권의 편리만을 위해 지역을 소모시키고 지방자치단체들은 의미 없는 토목공사만 벌이는 꼴을 보면 안타깝고 한숨만 나온다.

우리나라 '최초의 해상유원지'였던 돝섬유원지는 1982년 개장해 1990년대까지 지역민의 사랑을 받았다. 그 시절 학교를 다녔던 경상도 사람이라면 적어도 한 번쯤은 이곳으로 소풍을 오지 않았을까 싶다. 아이들이 왈가왈부한 지명의 유래는 최치원과 관련 있다. 옛날 백진가야의 왕이 아끼던 공주(후궁이라는 일설도 있다)가 황금돼지로 변해 섬으로 사라졌다. 후에 신라 시대에 이르러 골포현(현재의 마산) 일대에 황금돼지가 나타나 괴변을 일으키며 백성을 괴롭히자 최치원이 화살을 쏘아 섬이 평온을 되찾았다는 설화로 남는다. '돝'은 돼지를 이르는 옛말이니 '돼지섬'인 셈이다. 그 덕에 '황금돼지해'가 되면 그나마 돼지섬이 사람들로 북적인다.

───────────────────────────

● 돼지의 옛말.

"너는 인자 개안타. 마카 다
개안타. 걱정 마라."

송아람, 『두 여자 이야기』

(이숲, 2017)

경남 사람인 내가 당황스러운 대구·경북 말 중 하나가 '마카'이다. 한마디로 이게 머선 129?●● 어감상 '많이'라는 뜻인가 싶어 앞뒤 문맥을 이어 보지만 아니다. 결국은 사전을 뒤져 본다. '모두'의 경상어로 '조금도 남김없이 모두'의 뜻이다. 경남에서는 들어 본 적 없으니 대구·경북 말이려니 짐작한다. 좀 더 뒤지니 '말캉'으로도 쓰인다.

마카보다는 "내는 인자 개안타"에 꽂혔다. 이 말은 경상도 어디에서나 쓰이는 말이다. 글말로 써 놔도 경상도 사람은 다 안다. 글말로 써 놓으면 서울 사람은 무슨 말인지 알까 싶다. 어지간한 내용은 함축하거나 축약하길 좋아하는 경상도 사람 특성상 '개안타' 하나로 모든 뜻과 속 깊은 심정이 통한다.

"느그는 개안나?"

"우리는 개안아예. 어머이는 개안십니꺼?"

"하, 느그만 개안으먼 내는 다 개안타."

오래전이지만 어머니와 전화로 주고받던 말이다. '개안나'로 시작해 '개안타'로 끝난다. 괜찮다, 별일 없다는 뜻으로 서술 어미와 억양을 달리하면서 물음말이 되기도 대답이 되기도 한다. 세상의 모든 어머니는 당신 힘든 것은 다 개안타. 아들딸이 괜찮으면 당신 사는 게 힘들고 불편해도 다 괜찮은 것이다.

'마카'는 경남 사람인 내게 여전히 낯설다. 이웃에게 미숫가루를 덜어 주는 후배를 보며 잔소리 늘어놓는 동네 할매 모양 툭 던져 본다. "아이가, 고마 낭구지 말고 마카 다 줎삐라(아이구, 그냥 남기지 말고 모두 다 줘버려)."

● 모두.

●● '무슨 일이야?'의 경상도 사투리 '머선 일이고?'를 비슷한 발음의 숫자 '129'로 표현한 신조어.

"뚝띠● 해라."

원유정 극본, ENA 드라마

『모래에도 꽃이 핀다』에서

아버지의 서랍에는 자신의 이름 석 자를 새긴 문패가 있었다. 집이 없는 아버지의 문패는 오랫동안 셋집을 떠돌 때도 이삿짐 깊숙이 따라다녔다. 언젠가는 집을 갖고 언젠가는 대문 옆에 버젓이 달 것이라는, 아득한 별 같은 간절함. 어디 내 아버지만이었을까. 해방과 한국전쟁을 겪은 우리 부모 세대는 자식들 무사히 키워 내고 집 한 칸을 장만하는 데 평생을 걸었다.

진주시 망경동 주민들이 그랬다. 대지 30, 40평도 채 되지 않는 집이지만 대부분 1970년대 남강둑 정비사업 후 간신히 마련한 '내 집'들이었다. 집은 낡고 주인은 병들었지만 수십 년 살아내는 동안 제 몸에 맞춘 옷처럼 딱 맞는 듯하다. 대부분의 주민은 이곳에서 억척을 떨며 한 시절을 보냈고, 자식들을 키워 떠나보냈고, 노년에 이르렀다.

하지만 오랜 평화는 한순간에 깨졌다. 시가 이곳 망경동에 다목적문화센터를 짓겠다고 나서면서부터 주민들은 뿔뿔이 흩어졌다. 지역민이 쉽게 이용할 수 있는 중소 규모의 공연장, 전시실, 문학관 등을 넣을 예정이라 했다. 몇 년 동안 주민들이 반대해 왔음에도 불구하고 사업이 진행되는 동안 보상 협의 도장을 찍은 주민은 이사 갔고 끝까지 반대하는 집은 지금 철거 지구 군데군데 섬처럼 남았다.

"동네 좋게 살린다믄서 와 우리덜 쫓아내노, 사람이 바글바글 살아야 동네제." 눈 감고도 다닐 동네를 떠나 낯선 어딘가에 살림을 차려야 하는데 생각만 해도 억장이 무너진다 했다.

볕 좋은 날 동네 담벼락을 따라 할매들이 줄줄이 앉아 있었다. 개중 젊고 목소리 짜랑짜랑한 덕남 아지매가 삿대질을 하며 냅다 질렀다. "똑띠 해라. 너그 쪼대로 하는 기 나랏일이가!!"

● 똑바로, 똑똑히.

"부엌떼기(부엌데기), 못난떼기,
부주깽이● 짚고서 빌어나
먹으라."

김용익, 『푸른 씨앗』(남해의봄날, 2018)

부엌띠기라 하면 먼저 지금은 사라진 말 '식모'를 떠올리게 된다. 예전에는 살림하는 여성을 얕잡아 '부엌띠기' '부엌데기' 혹은 '솥뚜껑 운전수'라고도 했지만 어린 계집애를 두고 부엌띠기라 할 때는 더부살이하는 어린 식모를 말했다. 1970년대까지만 해도 식구들 입 하나 덜어 보자고 여자애는 부잣집 식모로 남자애는 도시의 배달부나 점방 심부름꾼으로 보냈다.

권정생의 소설 『몽실 언니』는 1950년대를 배경으로 그려지는 어린 식모 '몽실이'의 일대기이다. 부모를 잃고 몽실이는 갓난 동생을 업어 키우며 절름발이가 돼서도 식모살이하며 살아간다. 몽실이의 삶은 고난의 연속이지만 온갖 멸시 속에서도 꿋꿋하다. 한국 근현대사 속의 가난하고 배움에서 소외된 여성의 모습이 고스란히 담겨 있다. 일본판 몽실이가 담긴 소설 『오싱』도 있는데 오싱의 부모는 먹고살기 위해 어린 딸을 쌀 한 가마니 받고 식모살이로 보냈다. 그런데 몽실이와 오싱의 고난의 끝은 다르다. 오싱은 성공한 여성 기업가가 돼 환호를 받지만 몽실이는 어른이 돼서도 아픈 동생을 돌보고 늦은 나이에 자기처럼 장애를 가진 구둣방 꼽추와 결혼해 시장에서 나물을 판다. 조금 편안해진 듯도 보이나 몽실의 삶은 크게 달라지지 않았다. 한국 사회에서 가난은 그리 쉽사리 벗어날 수 있는 게 아니다.

"부엌띠기(부엌데기), 못난띠기, 부주깽이 짚고서 빌어나 먹으라"라고 놀려 대는 아이들은 천진난만해서 잔인하다. 종으로, 거지로 살라는 말이다. 한 번 들으면 평생 사금파리처럼 박혀 있을 것 같다. 그래도 예전에는 호통치며 겁을 주는 동네 어른이 있었다. "이눔덜아 함만 더 그래 바라. 고마 주디를 꼬매삘 꺼다."

● 부지깽이.   179

군인 옷 맹그는 공장이
여기 있어예?

정기영 글, 김광성 그림, 『나비의 노래』

(형설라이프, 2014)

'만들다'를 경상도에서는 맹글다, 맹근다고 말한다. 제작하다, 짓다, 이루다 같은 뜻이 담겨 있다. '만들다'에는 무에서 유를 창조하는 노동 행위가 들어 있다. 노동을 통해 형체를 갖고 사물이 되는 과정의 낱말이다. 불행히도 기계치에 '똥손'인 나는 늘 '만들다' 앞에서는 주저하게 된다. 뭘 맹그는 건 어려워.

일본군 '위안부'를 다룬 만화 『나비의 노래』는 프랑스 앙굴렘 국제 만화 페스티벌 전시작으로 큰 주목을 받았다. 우연히 책장을 넘기다가 가슴이 철렁했다. 맹글다가 이토록 섬찟하고도 슬프게 다가오다니.

만화 속 열여섯 조선 처녀 하금순은 군수용품을 만든다는 꼬드김에 꾀어 미얀마까지 끌려갔다. 그곳에서는 옷 맹그는 일을 하지 않았다. 능욕의 세월을 견디고 해방이 되자 고국으로 돌아왔지만 고향에는 돌아가지도 못하고 자신을 숨긴 채 살아야 했다. 그리고 70년이 흘러 하금순은 일본대사관 앞에서 증언자로 당당히 나선다. 할머니는 소리친다. "나도 인자 악몽을 떨쳐 버릴 기다. 우리가 정신대로 끌려갈 때 조선 남자들은 뭘 했는고? 그래 놓고 수치스럽다고 생각하는 것은 오히려 남자들이지."

지금까지 우리 정부에 등록된 일본군 '위안부' 피해자는 240명이다. 할머니들은 지난 30여 년 일본을 향해서, 우리 정부를 향해서 자신들의 명예 회복을 요구했지만 아직이다. 정의기억연대에 따르면 2024년 10월 현재 232명이 사망하고 8명이 생존해 있다. 생존자 모두 94~96세로, 평균 95세이다.

경상도에서는 상대에게 엄포를 놓을 때 흔히 "묵사발을 맹글끼다"라고 날린다. 할머니들을 대신해서 나도 시원하게 한방 날리고 싶다.

"퍼뜩 빌어라. 너그 몽창시리(심하게) 묵사발 맹글기 전에!"

"아인 줄 안대이."

김주영, 『홍어』

(문학동네, 2014)

벌써 수년 전의 일이다. 서른 명쯤 되는 여성들이 매일 아침 출근길에 피케팅 시위를 했다. 얼핏 봐도 모두 50대 이상의 중년여성으로 보였는데 자신들을 수도 검침원이라고 했다. 시에서 민간 위탁 받은 지 16년 만에 자신들의 처지를 알린다고 했다.

수도 검침원은 집집이 방문해야 하는 업무 특성상 여성이 남성보다 덜 위협적으로 여겨질 것이기에 여성 고용이 관례였다. 거기다 중년여성의 일자리는 전문성보다는 단순노동인 일에 치중되어 있고 임금도 상대적으로 적다. 놀고 있는 여성이야 짜드락하니(많으니) 대체할 인력은 널리고 널려 언제든지 노동력을 살 수 있다는 사회적 인식도 한몫했다.

알아보니 수도 검침원의 노동 환경은 예상했던 것보다 훨씬 위험하고 형편없었다. 집집마다 방문하니 차량 이용은 안 되고 걸어 다녀야 하는데, 오르막도 오르고 풀숲도 헤쳐야 하고 때로 계량기가 높은 곳에 있어 잘 뛰어내리기도 해야 한단다. 집주인이 부재중일 때는 두 번, 세 번 재방문하는데 그들의 요청에 따라 새벽에도 달려가고 한밤중에도 찾아간다. 집에 와서도 민원 처리와 서류 작성 등 해야 할 일이 많았다.

그러고도 급여는 검침 건당으로 받는데 2019년 말 당시 가구당 검침료가 750원이었다. 100가구를 방문해도 7만 5천 원. 한 달 급여가 최저임금에 못 미쳤다. 4대 보험은커녕 산재보험조차 가입되지 않아 일을 하다 다쳐도 모두 '각자 알아서'였다. 병실에 누워서도 일을 못 해 당장 계약 해지를 당할까 전전긍긍했다.

그해 고용노동부는 검침원들의 손을 들어 주며 정규직 전환을 권고했지만 지자체는 '앞으로 하겠다'는 말만 내놓았다. 다시 출근길 피켓팅 시위에 나선 여성들이 말했다.

"우리도 아인 줄 안대이. 묵꼬 살라꼬 참았제. 인자 아이다."

"하이고, 드럽고 앵꼽아서●
몬 살겠다. 피를 나눈 동생보다
마늘님이 중하다 이거제."

최은영 희곡집, 『비어짐을 담은 사발 하나』

(해피북미디어, 2015)

형제나 친구들끼리 잘 놀다가도 마음이 상해 "더럽고 앵꼽아서 안 할끼다"라고 소리치곤 했다. 상대에게 자기 속내를 드러내는 게 손해이고 '교양 있게' 포장하는 게 유리하다는 걸 알게 되면서 잊게 된 말일까.

합천 밤마리 오광대 '말뚝이'는 능청스럽게도 이 말을 양반들에게 내뱉는다. 경남 합천군 덕곡면 율지리에서 전승되는 오광대 탈놀이는 전체 6과장으로 이루어져 있다. 원래는 정월대보름 탈놀이로 연행되었는데 1920년대 중단되었다가 1990년대 초 복원이 됐다. 합천 밤마리 오광대의 6과장 중 3과장인 '양반과장'은 양반들과 말뚝이가 서로 대립하는 마당이다.

"날씨가 땃땃해진께 양반놈의 새끼들이 장날에 돼지새끼 우글거리듯이, 물가에 송사리새끼 나불대듯이, 올망졸망 모이갖고 과거장 중에서 지 의붓애비 불러 제끼듯이 말뚝아, 말뚝아, 불러싸니 더럽고 앵꼽아 몬 듣겠네." 양반들은 길길이 날뛴다.

"하이고 더럽고 앵꼽아서 몬 살겠다"는 해소이자 스스로를 달래는 말이다. '돈 없고 가방끈 짧은' 내 주변 어른들은 이 말을 달고 살았다. 생전 어머니도 그랬다. 말끝에 "너그 때문에 뽀드시(겨우) 산다"라고도 했다. 억울한 세상, 그나마 분하고 아니꼬운 감정을 쏟아낼 말이 있어 다행이었다.

말뚝이는 계속해서 "내 인자사 하는 말이지마는 내 발딩에 엉거붙은 모구(모기) 새끼만도 못한 놈의 새끼들이 이놈 저놈 카는 소리! 속에 천불이 나 못 듣겠네. 니 이놈들이 이래도 나를 못 알아볼 것인가?"라며 허세 양반들을 조롱하며 호통친다. 누구 앞에서든 능청스럽게 할 말 다 쏟아내는 말뚝이가 부럽다.

●아니꼽다.

"개코라 깨라."

곽미소 외, 『사투리 안 쓴다 아니에요?』

(도서출판 여행자의책, 2021)

그때 아마도 복수를 생각했나 보다. 어떻게 하면 고통을 줄 수 있을까 이를 갈았다. 하지만 체력도 정신력도 고갈되면 복수조차 무리다. 피폐와 우울에 휩싸여 무기력 상태에 빠져 있을 뿐. 일을 잃고 사람을 잃었다. 선한 의지로 시작한 일이라고 모두 좋은 결과를 빚는 건 아니다. 인간은 둘 이상 모이면 서열과 이해를 따진다. 그 과정에 야비함과 배신이 난무한다. 여기에는 진보니 보수니 하는 것이 없고 틈을 보이는 순간 사정없이 물어뜯길 뿐이다.

이대로 당할 수만은 없다 싶지만 화려한 복수는 영화에서나 있다. 박찬욱 감독의 영화 『올드보이』에서 우진(유지태 분)은 사랑하는 누나를 잃고 15년이라는 복수의 시간을 짜고, 김기덕 감독의 『피에타』에서는 아들을 잃은 어미가 똑같은 방식으로 복수하고……. '이에는 이, 칼에는 칼' 영화의 주인공들은 당한 만큼 혹은 그 이상으로 복수한다.

그렇다면 현실은? 현실은 냉정하고 잔혹하다. 분노도 복수도 돈 있고 빽 있는 '그들만의' 특혜이고 전유물이다. 우리 대부분은 분노할 힘조차 없다.

언젠가 다큐멘터리 『곤충의 세계』에서 깔때기 모양으로 모래 늪을 파고 그 속에서 먹잇감을 사냥하는 명주잠자리애벌레(개미귀신)를 봤다. 긴 시간을 숨죽이고 있다가 개미나 쥐며느리가 나타나면 순간 침을 쏜다. 절대 놓치는 법이 없어 명주잠자리애벌레의 모래 늪은 곤충들의 지옥이라 일컫는다.

나도 늪을 만들어 놓고 잠복해 있다 치명적인 침을 쏘고 싶었다. 하지만 현실에서 이렇게 외칠 뿐이다. "아나 개코라 캐라!" 개코는 '별 볼 일 없이 하찮은 것'을 이르는 말이다. 우리를 자꾸 주저앉히고 늪 주위만 맴돌게 하는 그것들이 어쩌면 우리 인생에서 가장 개코같은 것일지도 모르겠다.

"돈이 요물인기라. 줌치●를
열러야 열 줌치가 없데이."

경남 진주의 어느 병원에서 만난 사천댁 할매

…… 남대문에 걸어 놓고
내려가는 구관들아 올라오는
신관들아/ 다른 기경 마오시고
줌치 기경 하옵시오/ 누구
씨가 지은 주머니 주머니 값이
얼만고요 ……

경남 거창에 전승되는 민요「줌치 노래」에서

(088)

이야기 하나. 5평 남짓 병원 입원실. 어쩌다 보니 거동이 불편한 할매 다섯 분과 몇 주를 지냈다. 입원실에서는 자식이 자주 찾고, 먹을거리 인심 좋은 할매가 제일 기세등등하다. 아무도 찾는 이가 없던 사천댁 할매는 다른 이들과 어울리지 못했다. 몇 번 말을 걸고 주전부리를 드렸더니 마음이 조금 열렸는지 입을 여셨다. "돈이 요물인기라. 줌치를 열래야 열 줌치가 없대이"

이야기 둘. 진주시 강남로 341번길 미용실. 문을 열고 들어가면 빛바랜 거울에 손님 의자가 딱 하나다. 세놓던 방 한 칸을 헐어 만들었을까. 예순이 훨씬 넘은 미용사 숙자 아지매는 미용실 바깥 낡은 소파에 앉아 고양이 두 마리의 털을 번갈아 빗긴다. 손님이 하루에 한 명 올까. "얼매 받냐고? 저게 아랫집 아재는 커트하고 2,000원 주데. 저래 비잡아도 우리 집인께 월세 나가는 것도 아이고, 다 한 동네 사람인께 줌치서 주는 대로 받는 거제." 숙자 아지매는 손님의 줌치가 크든 작든 탓하지 않는다.

대부분의 사람은 줌치 때문에 속 끓인다. 돈이 있어야 부모 노릇하고 돈이 있어야 친척이고 친구 노릇도 한단다. 청년 실업률이 역대 최대 수치인 세상에서 살 방도를 찾지 못한 청년들은 세상 밖으로 나오지 않는다. 그대로 은둔형 외톨이가 된다. 돈과 능력을 앞세우는 사회 환경 탓이다. 욕망이라는 폭주 기관차를 타고 너나 할 것 없이 돈, 돈, 돈, 평생 가장 큰 줌치를 향해 달린다.

나 또한 평생 돈줌치에서 자유롭지는 않다. 하지만 문득문득 마쓰오 바쇼의 하이쿠를 떠올린다. "얼마나 놀라운 일인가, 번개를 보면서도 삶이 한순간인 걸 모르다니." 순간 숨쉬기가 느슨해지는 듯하다. 경상도 말로 하모! 하모!

● 주머니, 호주머니.

"너는 누고?"
애린 왕자가 이바구 했다.
"너는 누고… 너는 누고…
너는 누고…"

앙투안 드 생텍쥐페리, 최현애 옮김,

『애린 왕자』(이팝, 2021)

거울에 비친 내 모습이 실제 내 모습일까. 휴대전화로 얼굴을 정면으로 찍을라치면 더욱 이상하다. 화면 안에 낯선 사람이 들어 있다. 좌우가 바뀐 나. 턱관절은 이지러지고 눈은 짝짝이다. 이게 나라고? 순간 놀란다. "니는 누고? 니는……?"

사람들과 얘기하다 보면 더욱 당황한다. 남이 보는 나와 내가 보는 나는 아주 다르다. 내가 겪었던 어떤 상황을 이야기하면 대부분 "네가?"라는 식이다. 그다음은 '아니야, 나는 이런 사람이야'를 증명하려고 사례를 들먹이며 구구절절 설명한다. MBTI 성격 유형을 보더라도 20~30년 동안 일로 혹은 그 외 바깥 활동으로 만난 '무수한 남'은 나를 두고 당연히 'E(외향)' 성향이라고 말한다. 엇, 나는 I(내향)다. 꼼꼼히 따져 보지 않았지만 '극' 내향에 가까울지도. 지금에야 하는 말인데 죽을 둥 살 둥 '남의 나'로 살아야 무수한 남과 어울릴 수 있을 거라 믿었다.

심리학자 칼 구스타프 융에 따르면 나만이 아니라 인간은 모두 그렇게 용을 쓰며 살아 내고 있다. 융은 남에게 보여지는 내 모습을 페르소나, 즉 '사회적인 가면'이라 정의했고 인간은 사회적 관계에서 천 개의 멀티 페르소나를 갖고 있다고 했다. 최근 다양한 매체에 등장하는 '부캐' 열풍은 페르소나를 오락화한 것이다. 또 사회학자 어빙 고프먼은 『자아 연출의 사회학』에서 인간에게 인성, 정체성은 존재하지 않으며 자아 또한 없다면서 자아가 있다면 어떤 상황과 대상에 맞는 사회적 가면을 쓸 것인가를 인식하는 자아뿐이라고 했다.

사람을 덜 만나고 SNS를 끊으며 외부와의 연결을 줄이니 그나마 '본캐'가 보인다. 고프먼은 정체성을 인정하지 않았지만. 그렇다면 '시절 정체성' 또는 '단기 정체성'이라 하자. 다행히도, 'I'인 나는 'E'인 나와 가끔 서로 다독인다.

마러●에 나가너
감나무 절●●에 있는 별들은
나무한테로 따라 오는 것 같다.

이오덕 엮음, 『일하는 아이들』

(양철북, 2018)

별이 빛나는 밤하늘이라니, 당신 혹은 나는 그런 하늘을 언제 봤는지. 희붐한 기억 속에는 수박 한 조각씩 물고 마리(마루) 끝에 앉아 후두두, 누가 멀리 씨앗을 뱉을까 한껏 볼을 부풀려 고개를 쳐들다 밤하늘을 보던 순간이 있다. 물론 지금은 저녁 하늘에 개밥바라기별이 뜨든 말든, 매일의 하늘과 구름이 어떤 모양이든, 더 이상 궁금히 여기지 않는다. 그게 나 또는 당신의 일상인 걸.

내가 아는 한, 별이 등장하는 가장 아름다운 구절은 게오르크 루카치의 『소설의 이론』에 나온다. "별이 빛나는 하늘을 보면서 갈 수 있고 또 가야 할 길의 지도를 읽을 수 있던 시대는 얼마나 행복했던가. 그리고 별빛이 그 길을 훤히 밝혀 주던 시대는 얼마나 행복했던가?" 여기서 루카치가 말하는 길을 훤히 밝혀 주는 별은 삶과 시대를 읽을 수 있는 지표로서의 소설을 말한다.

하지만 소설 이론에 집중했던 30대 초반의 루카치가 살던 1910년대의 세상과 지금은 너무나 다르다. 인간은 더 이상 별빛으로 길을 찾지 않는다. 저마다 손에 든 휴대전화 앱을 따라 길을 찾는다. 시키는 대로 고분고분 간다. 하늘과 구름, 바람으로 날씨를 읽는다든지 곤충이나 새들의 이동을 보고 재난을 읽는다든지 하는 건 옛이야기쯤으로 알고 있다. 감각은 점점 퇴화하고 생각하는 방식도 점점 사라진다.

오늘은 아무래도 강가에 나가 밤하늘을 올려다봐야겠다. 쏟아질 듯한 별 무리를 볼 수는 없겠지만 도심의 공원을 지나 강가로 가는 길목, 거기 졸참나무나 미루나무 졉(곁)에서 북극성은 빛나고 있으리라. 고단한 길 위에서 별을 보는 이라면 적어도 길을 잃지는 않으리라.

● 마루,

●● 곁.

"어디서 떠나오십너까?"
"기장서 옵너더."
바가지 달린 보따리의 주인의
대답이다. '기장'이란 경남,
동래 어디 이름이라 한다.

이태준, 「만주기행」, 『무서록』

(범우사, 1997)

일제강점기였던 1938년 이태준 선생은 만주를 여행하고 「만주
기행」을 남겼다. 유홍준 전 문화재청장은 한홍구 교수와의 대담
(『한겨레』 2010년 9월 30일 자)에서 이태준의 「만주기행」을 박
지원의 『열하일기』, 최남선의 『심춘순례』와 함께 성장 세대가
꼭 읽어야 할 여행기로 추천하기도 했다. 선생은 샤오허룽小合隆
이란 곳에 이르러 경남 기장 사람을 만났다고 한다. 샤오허룽은
지금의 중국 창춘 북쪽 외곽 지역으로 당시에는 황무지에 가까웠
던 모양이다. 벽돌로 지은 샤오허룽 역사를 나서니 "철도 관사가
두어 채, 토민土民의 오막살이 주점이 한 채, 그러고는 길이 있으
나 마나 한 벌판"이었다고 썼다.

샤오허룽은 기장에서는 북쪽으로 직선거리 약 1,000킬로미
터쯤 떨어진 곳이다. 조선인들은 식구를 이끌고 농사지을 땅을
찾아 만주로 떠났다. 먼저 와서 정착한 이웃의 소식만 듣고 가족
을 이끌고 갔으나 만주에서도 정착하기는 만만치 않았다. 땅을
개간할 권리를 얻고도 만주 사람들에게 시달려야 했다. 나라 잃
은 설움은 어딜 가나 떨칠 수 없었다.

길도 없는 벌판에서 어디론가 향하는 사람들은 조선 사람이
었고, 그들이 어디서 왔는지 짐작하던 물건이 바가지였다. 바가
지를 경상남도에선 '바가치' '바게이'라고도 하고 경상북도에선
'쪽배기' '바강이'라 부르기도 한다. 이태준 선생이 만난 기장 사
람은 집을 떠나기 전 지붕 밑에서 자란 박 넝쿨을 치고 박을 반으
로 잘라 '바가치'를 마련했을 것이다. 이태준 선생은 "조선 사람
은 얼마나 저 바가지와 함께 살고 싶어 하나? 바가지로 샘을 푸
고 바가지로 쌀을 일고 바가지로 장단을 치고 산모의 첫국밥도
저 바가지로 먹는다"라며 "보따리에 달고 온 몇 쪽 바가지가 고
향을 생각하는 유일한 앨범일 것"이라고 쓸쓸히 썼다.

느그 아배를 보라고
지리산에서 죽어 나온 느그
아배를 생각해 보라고
사랑방에 모인 먼 친척 아저씨들은
뭣땀시 느그 아배가 그 꼴이
되었겠느냐고
사상도 사상이지만 빨갱이들 꾐에
빠져 술수에 빠져
좋은 세상 못보고 억울하게 죽은
것이 아너냐고
삼십촉 전등이 호득이는●
아버지의 제사날 밤

김석봉, 「최근 소식」『이 세상은』

(도서출판 형평, 1990)

한국전쟁이 한창이던 1951년, 경남 산청군 시천면 외공리 산골짜기에서 400여 명의 민간인이 학살당했다. 50여 년의 세월이 흐른 2008년의 발굴 현장에선 그날의 참상이 고스란히 드러났다. 모두 손이 뒤로 묶인 채 구덩이 속에서 엉겨 붙은 수많은 유골 중에는 어린아이와 여성의 유골도 있었다. 선배를 따라 외공리 발굴 현장을 찾았을 때의 슬픔을 아직도 잊지 못한다. 이들뿐이랴. 지리산 골짜기마다 가족 품으로 돌아가지 못한 많은 사람의 원혼이 잠들어 있을 것이다.

발굴 현장을 사진에 담고 있을 때 짙은 산그늘 속에 몸을 숨기고 굳은 표정으로 지켜보는 사람이 있었다. 집안 어르신이었다. 인사를 드렸더니 "니가 요기 머인 일이고, 여기 밤나무밭에는 낮에도 오기 무서븐 기라. 우리는 그때 총소리 다 들었제" 하시며 길게 한숨을 내쉬셨다. 발굴 현장 바로 아랫동네인 점동은 지금도 내 일가친척이 많이 사는 동네다. 한국전쟁 내내 낮에는 국군, 밤에는 빨치산이 마을 사람들을 들볶았다고 한다.

할아버지, 아버지의 고향 천평리도 외공리와 멀지 않은 곳이었다. 해방 후부터 한국전쟁이 끝날 때까지 자의든 타의든 빨치산이 된 사람들이 많았다. 한국전쟁 당시 할아버지도 진주를 점령한 인민군에게 잡혀 포탄과 탄약통을 지게에 지고 마산으로 가다 미군 비행기가 폭격하는 틈을 타 다시 집으로 도망쳐 올 수 있었다고 했다. 만약 고향 마을로 피난을 가서 인민군 포탄을 나른 것을 들켰다면 트집 잡혀 죽을 수도 있었을 거라고 하셨다. 이념이 곧 죽음의 이유였던 참혹한 시절이었다. 세월이 이렇게 많이 흘렀는데도 평화를 얻지 못하고 남과 북이 서로 총부리를 겨누고 있으니 슬픈 일이다.

"이러 가지고 우째 살까
싶습니더."
"우째 살긴 뭘 우째 살아?
목숨만 붙어 있으면 다
사는기다."

하근찬, 『수난이대(외)』(범우사, 2020)

전쟁만큼 어리석은 일이 있을까. 하지만 인간은 그 어리석은 일을 반복해서 저지른다. 우리가 사는 나라는 분단국가로 휴전인 상태다. 종전이 아니라 휴전이니 세계 어느 나라보다 전쟁의 위험이 높다. 일본의 속박에서 벗어나자마자 전쟁으로 많은 피를 흘려야 했고, 그 후론 강대국 사이에서 남과 북이 대치하고 있는 불행 속에서 화해와 평화가 아닌 대결과 전쟁을 외치는 사람들을 보면 안타깝고 슬프다. 점점 분단은 고착되고 있고, 통일에 대한 희망도 사그라지고 있다.

『수난이대』는 우리의 슬픈 현대사를 그대로 투영한 작품이다. 일제강점기 독립운동을 하다 고문을 당해 팔을 잃은 아버지(만도)와 한국전쟁에 참전해 다리를 잃은 아들(진수)의 대화는 우리 할아버지와 아버지 세대가 겪었던 아픔을 그대로 말해 준다. 이 소설이 발표된 해는 한국전쟁이 끝난 지 얼마 지나지 않은 1957년이다. 그로부터 거의 70년이 흘렀지만 여전히 남북이 자유롭게 오갈 수 없는 현실이라니.

소설의 마지막 장면에서 집으로 돌아가는 두 사람은 외나무다리 앞에서 멈춘다. 만도는 한쪽 다리가 없는 진수에게 자신의 등에 업히라고 한다. 진수는 아버지가 들고 있던 고등어를 받아 들고 등에 업혀 강을 건넌다. 경북 영천이 고향이던 작가는 경상도 사투리로 아버지와 아들의 대화를 옮겼다. 두 사람의 잃어버린 팔과 다리는 시대의 아픔과 세대의 간극을 의미한다. 슬픔을 견디고 보듬으며 두 사람이 강을 건너는 장면은 뭉클하다. 아무리 극복하기 어려운 현실이어도 버티며 기다려야 한다는 걸 작가는 말하고 싶었을 거다. 언젠가는 서로 총을 내려놓고 휴전선이 열리고 평화가 찾아오길.

새마을운동을 할라 캐도 캐고도
뭣이 있어야 하께? 돌까러●가
있나, 보루꾸가 있나.

이규정, 『들러리 만세』(지평, 1984)

일제강점기 35년 동안 일본어가 우리말에 끼친 영향은 크다. 여전히 일본말인 줄 모르고 쓰는 말도 많다. 경상도에서도 사투리인 듯 쓰는 일본말이 있다. 일본과 가까운 지역이니 다른 지역보다 일본말의 영향을 많이 받았으리라. 빵꾸, 다대기, 다라이, 기스, 오뎅 등 요즘도 일상에서 자주 쓰이는 일본말이 많다. 해방 이후 지금까지 일본어 잔재를 지우기 위해 노력했지만 끈질기게 생명력을 이어 오는 말들이 존재한다.

'시멘트 블록'을 뜻하는 '보루꾸'도 영어 블록block의 일본식 발음이다. 건설 현장은 지금도 일본어가 쉬이 쓰인다. 바라시(해체 작업), 나라시(평탄 작업), 노바시(높임 작업), 데나우시(재작업), 공구리(콘크리트), 아시바(비계, 발판), 빼빠(사포), 함바(현장 식당)……. 실제로 현장에서 제대로 일을 하려면 어느 정도는 이런 말을 숙지해야만 한다. 말귀를 못 알아듣는 순간 일머리 없다고 '쿠사리(핀잔)' 듣기 십상이다.

초등학교(나 때는 국민학교였다) 시절 토요일 오전 수업을 마치면 새마을 깃발을 들고 줄을 맞춰 집으로 돌아갔고, 일요일 아침이면 동네 아이들 모두 마을회관 앞에 모여 청소를 해야 했다. 하필 『은하철도999』와 『미래소년 코난』 방영 시간이었다. 일주일 내내 그 시간만 기다렸는데 한 명도 빠짐없이 '새마을 청소'하러 나오라고 강요받았다. 우리 어린이들이 일본 문화에 물들지 않고 새마을 정신을 가다듬도록 하기 위한 높은 분의 큰 그림이었는지도 모르겠다. 새마을 운동의 공과를 따지기 전에, 그런 옛 기억을 되살려 보면 박정희부터 전두환까지 이어지는 군사 독재 정권이 국민을 통제하기 위한 수단으로 '새마을 운동'을 요긴하게 써먹은 것 아닌지 의심이 든다.

● 시멘트.

못가예
이대로 쫄쫄 굶다가
이 집 저 집 싸리대문 넘보는
각설이로 떠돌지라도
지줏집 식모살이는 절대 못가예

이소리, 「멍석 딸기」 『바람과 깃발』

(바보새, 2006)

늦가을이었다. 중학교 진학을 앞두고 있던 무렵이었는데, 여자아이들 서넛이 플라타너스 낙엽이 쌓인 운동장 구석에 모여 앉아 우는 친구를 달래고 있었다. 나중에야 그 친구가 집안 형편이 어려워 중학교에 가지 못하고 부산에 있는 부잣집에 식모로 일하러 간다는 사실을 알게 되었다. 친구처럼 중학교도 가지 못하고 식모살이를 가는 건 드문 일이었지만, 그 당시만 해도 우리 지역에서는 중학교를 졸업한 뒤 마산에 있는 한일합섬에서 일하며 야간제 고등학교인 한일여자실업고로 진학하는 경우가 흔히 있는 일이었다. 누이들은 고향의 가족과 남자 형제들을 위해 희생했고, 그 희생을 당연하게 받아들이던 그런 가슴 아픈 시절이 있었다. 아마 친구도 "못 가예, 못 가예" 하고 아버지 앞에서 울었을 테다. 졸업 후 한 번도 만나지 못했지만 일찍 결혼해서 잘 살고 있다는 소식을 건너 건너 들었다. 그 소식을 들은 지도 벌써 이십여 년이 훌쩍 넘었다. 지금은 어찌 살고 있는지.

약산 김원봉, 석정 윤세주 선생 등 밀양 출신 독립운동가의 투쟁을 담은 『끝나지 않은 그들의 노래』의 저자 최필숙 선생님을 인터뷰한 적 있다. 집안 형편이 어려워 바로 중학교에 진학하지 못했고, 나중에 대학에 가서 교직 과정 이수를 위해 처음 교단에 선 곳이 한독여자실업고등학교였다고. 한일여자실업고등학교와 마찬가지로 학생들이 낮에는 공장에서 일하고 밤에 수업을 듣는 학교였다. 얼마나 열악한 환경에서 일하고 공부했는지 당시 이야기를 해 주셨다. 가난한 농민의 딸들이 도시로 가 공장 노동자로 일했기에 우리가 이만치 살고 있는 것이다. 그들이 가져야 할 명예가 재벌과 독재자의 치적으로 둔갑하곤 한다.

야 봉숙아 말라고 집에 드갈라고
꿀발라스 났드나

장미여관 작사, 장미여관 노래, 「봉숙이」(2011)

KBS 2TV의 밴드 서바이벌 프로그램 『톱밴드』에 출연했던 뮤지션 중 가장 인기를 끌었던 팀은 단연 '장미여관'이다. 강준우(기타 겸 보컬), 육중완(기타 겸 보컬), 임경섭(드럼), 윤장현(베이스), 배상재(기타)로 구성된 5인조 아저씨 밴드였다. 비슷하게 늙어 가는 처지(?)였던지라 당시 『톱밴드』에 나왔을 때 가장 마음이 가는 팀이었다. 사실 서바이벌 프로그램이라면 질색하는 편이지만 그래도 좋은 노래가 나오면 귀를 기울이게 된다.

데뷔하고 발표한 미니앨범 『너 그러다 장가 못 간다』에 실린 「봉숙이」, 「너 그러다 장가 못 간다」, 「나 같네」 이 세 곡은 묘하게 이야기가 이어진다. 봉숙이는 나와 같이 있을 마음은 없고 집에 들어갈 생각뿐이다. 친구는 나를 보고 한심한 인간이라며 그러다 장가 못 간다고 악담만 늘어놓는다. 원래 씩씩했던 나인데 떠난 연인만 생각하면 괴롭다. 봉숙이를 만났던 공간에서 세 곡이 계속 이어진다(어쩌면 다른 공간일 수도 있지만 나는 그렇게 느꼈다). 마지막 곡 「나 같네」는 "산다 산다 산다" 하는 후렴구로 끝난다. 그 가사가 왜 "살기 싫다"로 들리는지 모르겠다. 묘하게 감정이입이 되어서 그런지도.

2023년 통계청이 발표한 '인구동태 코호트 데이터베이스'에 따르면 40대에 접어든 1983년생 10명 중 3명이 미혼이었다. 그런데 5년 후 출생한 1988년생의 경우 절반이 결혼하지 않았다. 연령대가 낮아질수록 '나 혼자 산다'는 비율이 높다. 결혼도 연애도 힘든 세상이다. 그래도 살아야 한다고 있는 힘을 쥐어짜 보지만 사랑도 돈도 집도 멀리 있다. '봉숙이'를 사랑한 그는 지금 장가를 갔을까. 노래를 지은 '장미여관'이 해체(2018년)되었으니 더 물어볼 곳도 없구나.(유튜브를 보니 아빠가 됐다고 한다…….)

너는 씨부러라 나는 내 맛대로
한다 그카라 내구내구 김내구가
추접시러분 똥고집 딸랑 하나
차고 나와가주고 지금까지 별로
잡아묵는다 벅수● 중에서도
최고 벅수라

김진완, 「세상엔 몹쓸 구신도 많아」 『모른다』

(실천문학사, 2011)

"귀신 중에도 제일 드러븐 다단계 구신"에 씌여 수천 장의 명함을 만들어서는 새벽같이 집을 나서 지하철 광고판에 꽂고 다니는 남편에 대한 분노와 원망을 쏟아 내는 어머니의 넋두리를 시인은 그대로 옮긴 듯하다. 내 주변을 돌아봐도 한몫 챙길 수 있다는 이야기에 솔깃해서 사고를 치는 "몹쓸 구신"은 남성이 대부분이고 여성은 수습하는 쪽이었다. 성급한 일반화의 오류가 아니냐고 해도 어쩔 수 없다. 내가 듣고 겪은 사연이 대부분 그렇다. 「세상엔 몹쓸 구신도 많아」를 읽다가 허수경 시인의 시 「땡볕」이 떠올랐다.

　　김 매는 울 엄니 무슨 사투리로 일하나
　　김 매는 울 올케 사투리로 몸을 터는 흙덩이

　　묵묵히 일하는 쪽은 언제나 어머니와 할머니들이다. "여자 말을 들으모 밥은 안 굶는다 안 카나. 그런데 어찌 저리 말로 안 들으꼬." 사투리로 남편들 흉을 보면서.

● 장승을 말하기도 하지만 경상도에선 바보, 멍청이의 뜻으로 더 많이 쓰인다.

너들 아너더라도 한국 축구 끌고
갈 사람 천지 삐까러다.

홍준표 대구시장, 2024년 4월 27일

자신의 페이스북에서.

23세 이하 축구 국가대표팀이 40년 만에 올림픽 본선에서 떨어진 후 홍준표 대구시장은 정몽규 대한축구협회 회장에게 "대참사를 야기하고도 그대로 뭉개고 자리 지키기에만 골몰한다"라며 날을 세워 비판했다. 올림픽 본선 탈락뿐만 아니라 월드컵 국가대표 선임 과정에서도 정몽규 회장과 대한축구협회는 많은 축구팬들의 비난을 받았다. 홍준표 시장은 "한국 축구 끌고 갈 사람 천지 삐까리"라고 했지만 정작 축구협회는 비판의 목소리에 귀를 막고 변화의 모습을 보여 주지 못하고 있다. 현대그룹 사람들이 30년 동안 대한축구협회를 독차지해 왔으니 쉽게 변하긴 힘들 것이다. 능력 있는 사람이 '천지 삐까리'라고 해도 비집고 들어갈 수 없는 판이라면 뒤집기가 불가능하다. 국가든 회사든 어떤 조직이든 리더가 판단을 잘못하고 변화를 두려워하면 뒷걸음칠 수밖에 없다.

'천지 삐까리'는 '천지 삐까리'라고 발음할 때도 있는데 "헤아릴 수 없을 정도로 수가 많다"는 뜻이다. 천지는 하늘과 땅, 삐까리는 볏가리를 말한다. 수확을 앞둔 들녘의 벼 낱알만큼 많은 것을 '천지 삐까리'라고 표현한다. 비슷한말로 '쌔빘다(쌔비릤다)'도 있다. (비슷하게 발음하는 '쌔비다'는 '훔치다' '도둑질하다'는 뜻이다.) "한국 축구 끌고 갈 사람 쌔빘다"라고 해도 같은 뜻이다. '천지 삐까리'나 '쌔빘다'는 많은 수를 나타내지만 많은 양을 나타내는 말도 있다. '한그석' '한발띠기'가 그렇다. 양이나 수를 딱 정해 놓고 표현하는 것은 아니지만 엄밀하게 쓰임을 따지자면 그런 느낌이랄까. '억수로'도 그런 뜻으로 자주 쓰는 말이다. 주로 '많다' 앞의 꾸밈말로 온다. "니들 아니더라도 한국 축구 끌고 갈 사람 억수로 많데이"라고 해도 같은 뜻이다.

무십아라! 사진기 매고 오모
다가, 와 넘우집 벤소깐꺼지
디러대고 그라노? 버사 마,
여름버도록 할딱 벗고 살다가
요새는 사진기 무섭아서 껍닥도
몬벗고, 고마 덮어 죽는줄
알았능기라.

『경남도민일보』 2014년 11월 7일 자

해석부터 보자.

"무서워라! 카메라 메고 오면 다예요? 왜 남의 집 화장실까지 들이대고 그래요? 나는 여름 내내 옷을 홀딱 벗고 살다가 요새는 카메라 무서워서 옷도 못 벗고, 아주 그냥 더워서 죽는 줄 알았어요."

주민의 일상이 방해받을 정도로 관광객이 많은 현상을 '오버투어리즘(overtourism, 과잉관광·관광공해)'이라고 한다. 경상남도에도 지나친 과잉관광으로 몸살을 앓던 지역이 있었다. 통영의 동피랑 벽화마을이 그랬다. 지역 경제를 살리고 관광객을 끌어들이기 위해 골목 곳곳에 예쁜 벽화를 그렸다. 계획은 성공이었다. 많은 관광객이 통영을 찾았고 동피랑 마을은 필수 코스였다. 동피랑에서 촬영한 예쁜 사진들이 SNS를 통해 퍼졌다.

하지만 정작 그곳에 사는 주민들은 관광객 때문에 고통스러웠다. 관광객을 상대로 장사하는 곳만 이익이지 정작 주민들은 주차 문제부터 소음, 쓰레기까지 여러 불편을 겪어야만 했다. 지난 10년간 동피랑 벽화마을의 경우 주민의 44.4퍼센트가 마을을 떠났다. 거의 주민의 절반이 마을을 떠난 셈이다. 관광지로 유명해진 전주 한옥마을(41.1퍼센트), 감천문화마을(40.3퍼센트)도 주민들이 빠져나가긴 마찬가지다(『한국일보』 2023년 8월 29일 자). 주민이 떠난 마을은 더 이상 매력을 찾을 수 없다.

아무리 벽화를 그리고 볼거리를 만든다 해도 원주민의 삶이 힘들어진다면 오히려 더 빠르게 마을이 소멸할 수 있다는 걸 보여 준다. 관광객 유치를 위해 보기 좋은 곳으로 꾸미기보다 먼저 살기 좋은 곳으로 만드는 데 정성을 쏟으면 얼마나 좋을까.

호동이 마산 사람 아이가?
내 양산 사람이다.
갱상도 아이가아.
내 (사투리) 쫌 쓴다!

JTBC 『아는 형님』 2021년 10월 23일 방송

요즘 경상도 사투리로 유명한 인물을 꼽는다면 걸그룹 에스파의 윈터, 유튜브 '꼰대희' 채널을 운영하고 있는 개그맨 김대희 씨가 아닐까. 경상도 사투리로 검색하면 이 두 사람 영상이 가장 많이 나오는 듯하다. 윈터는 경상도 사투리가 가진 귀여운 매력으로, 꼰대희는 그 반대의 아저씨 특유의 꼰대스러움으로 인기다. 김 대희 씨의 사투리는 경상도 사람이라면 그가 '연기' 중이라는 사실을 바로 알아챌 수 있을 만큼 '부드러운' 어조다. 서울 사람이 연습한 경상도 사투리라는 게 느껴지지만 그게 무슨 대수이랴. 경상도 사투리가 억양이 세고 투박하다 해도 화자가 누구냐에 따라 분위기가 달라지는 것은 어쩔 수 없는 일이다.

방송이나 유튜브를 보노라면 경상도 사투리가 관심을 얻고 인기인 듯하지만 실제론 사투리의 영역이 점점 줄어들고 있다. 꼰대희의 사투리처럼 성조도 부드러워지고 고유한 어휘는 점점 사라지고 있다. 아이들이 노는 모습을 보면 그런 현상을 바로 체감할 수 있다. 아이들이 쓰는 말은 방송에서 많이 접하는 표준말에 가깝게 변하고 있다.

사투리가 '언어 순화'의 대상이 됐던 엄혹한 시절도 있었지만, 지금은 그런 사정도 아닌데 점점 고유의 매력을 잃고 있다는 사실을 부정하긴 힘들다. 언어는 생물과 비슷한 성질을 가지고 있고 소통의 효율성을 최우선으로 생각한다면 이런 순화의 과정을 겪는 것도 어쩔 수 없는 일이 아닌가 싶다. 별개로, 유튜브나 SNS를 통해 사투리의 가치를 지키고, 재밌는 콘텐츠를 만드는 사람들이 최근 많이 늘어난 듯해서 다행이구나 싶다. "내 사투리 쫌 쓴다"라고 자랑하는 사람들이 주변에 계속 늘었으면 좋겠다.

나가는 말
와 이리 어렵노

어린 시절 서울에서 말이 통하지 않았던 경험은 내가 경상도 사람이라는 사실을 깨닫는 계기였다. 서울 어디서든 입을 여는 순간 단번에 내가 어디서 왔는지 드러났고 같은 말을 되풀이해야 뜻이 통했다. 그때 경험을 되새김해 보면 그 이전까지는 어디서 태어나고 자란 사람이라는 정체성이 여물지 않았던 듯하다. 말이 한 사람의 정체성이 될 수 있다는 걸 소통의 어려움을 통해 깨달은 셈이다. 이 정체성은 내가 쓰는 말이 주류가 아닌 곳에서, 내가 사는 곳에서 멀어질수록 강하게 밖으로 드러난다. 그리고 중앙에서 먼 변방 출신일수록 자신이 태어나고 자란 고향과 말에 대한 애착을 쉽게 버릴 수 없는 듯하다.

경상도 사람이란 걸 부정하고 싶다는 생각을 해 본 적은 없었지만 사투리를 순화시켜야겠다고 마음먹은 적은 있다. 서울에서 직장을 다니며 '소통의 효율'을 위해 최대한 경상도 억양을 없애려고 노력했다. 자주 인터뷰를 해야 하는 직업이었기에 자존심을 굽혀야만 했다. 그땐 경상도 말과 정체성을 지키지 못한

변절의 시기였다. 하지만 조상 대대로(기록이 맞다면 최소 15세기부터) 경상도에서 살았고 그 세월과 함께 나의 유전자에 축적된 경상도 사투리의 DNA가 가진 힘은 무시할 수 없었다. 가끔 회사 후배들에게 "슨배~ 므하세요" 하고 놀림을 받았는데 억양을 숨기는 데는 어느 정도 성과가 있었지만 혀와 입술, 볼의 근육을 'ㅓ'와 'ㅡ'를 구분하도록 단련하는 데는 결국 실패했다. 다행히도 고향으로 돌아와 더는 'ㅓ'와 'ㅡ'를 구분하기 위해 힘쓸 필요가 없으니 편안하다.

"경상도 사투리 찾기가 와 이리 어렵노."

원고를 쓰는 내내 이 말을 입에 달고 살았다. 책방에 있는 소설, 시, 에세이는 대부분 훑었다. 경상도에 관한 이야기가 실려 있을 법한 책들도 모두 꺼내 보았다. 책을 펼쳐 가장 먼저 작가의 고향부터 확인했다. 만약 작가의 고향이 경상도라면 분명 사투리가 한 문장이라도 들어 있을 거라는 희망을 품고 책장을 넘겼다. 하지만 그 희망은 마지막 페이지를 넘길 때쯤엔 깨지기 십상이었다. 사투리를 찾기도 어려웠지만 찾더라도 풀어낼 이야기가 없다면 인용할 수 없었다. 가능하면 다양한 작품을 소개하고 싶었기에 박경리, 이문열, 허수경…… 경상도 사투리를 무시로 썼던 작가의 작품에서 마냥 가져올 수도 없었다.

옛 사투리가 아니라 요즘 젊은이도 쓰는 사투리를 찾아보려 노력했다. 어쩔 수 없이 책뿐만 아니라 영화, 음악, 신문, 유튜브 등 다양한 매체에 기댈 수밖에 없었다. 방송이나 영화에서 만나는 경상도 사투리는 토박이가 일상에서 쓰는 말이라기보다는 캐릭터의 개성을 강조하거나 재미를 위한 장치로 쓰이는 경우가 대부분이라 안타까울 때가 많았다.

경상도 사투리가 작품에 잘 쓰이지 않는 이유는 그대로 표현할 경우 해석을 붙여야 할 정도로 이해하기 힘든 탓이 아닐까. 문학 작품뿐만 아니라 영화나 음악에서도 마찬가지다. 본문에서도 썼지만 경상도 사투리로 가장 유명한 영화인 『친구』의 경우 DVD로 출시할 때 '한국어' 자막을 덧붙이기도 했다. 다른 지역 말에 비해 말의 높낮이 차가 크고 축약이 많다는 사실은 특별한 매력일 수도 있겠지만 이 때문에 토박이가 아니라면 쉽게 이해하기 어려운 표현이 많다. 독자를 위해 외국어 번역에 가깝게 풀이를 덧붙여야 한다면 작가로선 경상도 말로 작품을 쓰긴 힘들 테다. 마냥 원고의 양을 늘릴 수 없는 상황이라면 더더욱 사투리를 쉽게 녹여 낼 수는 없을 것이다.

인용할 말들을 찾는 작업이 괴롭긴 했지만 행복한 마음으로 글을 썼다. 원고를 쓰며 점점 사라져 가고 힘을 잃고 있는 사투리에 대한 안타까운 마음도 커졌다. 이 책으로 끝내지 않고 '경상의 말'을 계속 기록해 보고 싶은 욕심도 생겼다. 누군가 기록해서 남기지 않으면 점점 사라지고 되살리기 힘들어질 것이 분명하다. 고향을 떠나지 않고 살면서 작은 실마리라도 남긴다면 경상도 사투리의 매력에 관해 이야기하려는 미래의 누군가에게 분명 쓰임이 있지 않을까 싶다. 이 책을 쓰며 앞서 무엇이든 쓰고 남긴 이들의 도움을 받았던 것처럼 말이다.

마지막으로 많은 정보와 도움 주신 경상도 방언 연구자 성진영 님과 대구 하고책방 이수영 대표님, 어머니께 감사드린다.

2024년 가을, 진주 소소책방에서
조경국

경상의 말들
만다꼬 그려 쌔빠지게 해쌌노

2024년 12월 4일   초판 1쇄 발행

지은이
권영란, 조경국

| **펴낸이** | **펴낸곳** | **등록** | |
| 조성웅 | 도서출판 유유 | 제406-2010-000032호(2010년 4월 2일) | |

| | **주소** | | |
| | 경기도 파주시 돌곶이길 180-38, 2층 (우편번호 10881) | | |

| **전화** | **팩스** | **홈페이지** | **전자우편** |
| 031-946-6869 | 0303-3444-4645 | uupress.co.kr | uupress@gmail.com |

	페이스북	**트위터**	**인스타그램**
	facebook.com	twitter.com	instagram.com
	/uupress	/uu_press	/uupress

| **편집** | **디자인** | **조판** | **마케팅** |
| 정민기, 김은경 | 이기준 | 정은정 | 전민영 |

| **제작** | **인쇄** | **제책** | **물류** |
| 제이오 | (주)민언프린텍 | 다온바인텍 | 책과일터 |

ISBN 979-11-6770-108-4 03810